# 漢詩連れづれ

近藤俊彦

海鳥社

題字・高濱紫蘭

高濱多美子。昭和二十三年（一九四八）五月二十七日生まれ。福岡県北九州市八幡区出身。大分県立津久見高校卒業。下村勇峰・河野如風・村上三島・松永鶴雲の各先生に師事。現在は、洗心書道会所属。師範・成家・理事。津久見市書道会会長。平成十三年（二〇〇一）西日本書道院文部科学大臣賞受賞

# はじめに

拙著『漢詩雑話』を出版して、早三年半が経ちます。その間、新型コロナウィルスが猛威をふるい、必然的に家に籠ることの多い日々でした。わたしにとっては、漢詩の本を読んだり、漢詩を作ったりする時間が多くなり、これはコロナ禍が齎した唯一の功かもしれません。

また、拙著を読んでいただいた方々からは、「漢詩の面白さがわかった」、「恰好の漢詩入門書だ」、「平仄がやっと理解できた」などの声が寄せられ、大いに気を良くしたものです。中には、「続編を早く出せ」との声もいただき、とうとうその気になってしまいました。

その間、わたし自身は六十首ほどの漢詩を作り、濱先生に雌黄（添削）を加えていただきました。さらに濱先生の漢詩集を拝読し、先生はご高齢であるにもかかわらず学問に対し飽くなき意欲を持ち続けておられることに感動しました。

本書のタイトルは『漢詩連れづれ』です。読者の皆さんが友人知人と連れづれに漢詩を楽しんでいただくことを目標に、わたし自身も友人、知人、先輩、恩師さらに師匠までも連れづれに、ご協力いただくことを目指したからです。

最近の漢詩の衰退ぶりには、日を覆うものがあります。漢字離れが原因かもしれませんが、わたしも含めて日本国民の日本語力の低下が、その根底にあると思います。本書の目指す所は、多くの方々に漢詩の魅力を見出していただくことです。

本書を気楽にお読みいただき、共に漢詩の世界を逍遥していただければ、著者としてこの上ない幸せです。

八秩有感

麟涯

浮世怱忙八十年
讀書晩節學二先賢一
多情多恨難レ忘事
欲レ託二七言一詩百篇

（下平一先韻）

浮世怱忙　八十年
読書晩節　先賢に学ぶ
多情多恨　忘れ難き事
七言託さんと欲す詩百篇

秩　十年の代。「八秩」は八十代のこと
怱忙　いそがしい。あわただしい
晩節　晩年。老年
先賢　昔の賢人
多情多恨　物事によくあわれを感じ心を多く傷めること
七言　七言詩のこと
篇　一つにまとまった詩歌。詩集

［意訳］浮世の慌ただしさの中に生きて　八十年
年をとってからは読書三昧　専ら先賢に学んでいる
ときにものの憐れを感じ　ときに心傷めたことは　忘れられないことばかり
それらを七言の詩に託して　諸々の思いを載せた詩集である

今回も、わたしの畏敬する平岡豊氏に「琴弦詩人論　陶淵明と李白の世界」を寄稿していただきました。前回の「映像唐詩論　杜甫と李白の世界」に続き、独自の解釈を展開したもので、実に新鮮な論調です。編集の関係で巻末に掲載するようになりましたが、本書の内容を更に充実していただいたことに感謝の意を表します。

# 漢詩連れづれ　目次

## 我が英語と漢詩の師 my teacher of English language & Chinese poetry



## 東京逍遥

## 女流漢詩人・髙島蘭泉さん



## 家郷を詠ず

【凡例】

一、原詩は、原則として正字体で表記した。

二、原詩には、返り点を付した。

三、書き下し文は、原則として現代仮名遣いにした。

四、書き下し文の漢字は新字体を用い、ふりがなを付した。

# 東京五輪と原爆忌

## 東京五輪

令和三年（二〇二一）七月二十三日、東京2020オリンピック競技大会が五十七年ぶりに東京で開会され、十七日間にわたって一万一千人が参加して開催されました。コロナ禍による緊急事態宣言下でしたので、開催に対して賛否両論意見が対立しましたが、結局、一年遅延し無観客での開催ということで決着しました。

近代オリンピックの父・クーベルタン男爵は「スポーツを通じて平和な世界の実現に寄与する」ことをオリンピックの目的に掲げました。

東京オリンピック開幕直前の七月十六日にＩＯＣのバッハ会長は広島市の平和公園を訪れ、原爆慰霊碑に献花し黙祷しました。そして次のように述べています。

「今日、私はこの場所で追悼されているすべての人々を思い出すためにここにいる。平和の使命を再

東京オリンピック2020の会場となった国立競技場

認識し、平和の街としての広島に敬意を払うためにここにいる。社会の中での多くの連帯がなければ平和はない。東京オリンピックはよりよい、より平和な未来への希望の光となるだろう」と。

そして、八月六日の「広島原爆の日」。わたしは、夏の高校野球大会で八月十五日の終戦記念日に試合を中断し参加者一同による黙祷が行われるように、オリンピックの会場でも黙祷が行われるものと思っていました。しかし残念なことに、そのような光景は見られませんでした。大会組織委員会で検討されたという報道もありませんでした。バッハ会長の発言は単なるリップサービスだったのです。

オリンピックの理念は、スポーツを通じて平和な社会の実現を推進することではなかったのか。それをアピールする好機を逃した深い失望感を覚えました。その思いを込めて詠じた一首です。

東京五輪有レ感　　麟涯　近藤俊彦

莫レ客燈燃聖火臺　　客莫く灯は燃ゆ　聖火の台
壯兒相集五輪開　　壮児相集う　五輪開く
六日安知原爆忌　　六日は安んぞ知らん原爆忌なるに
如何不レ禱二泰平來一　　如何ぞ泰平の来るを祈らざる

（上平十灰韻・拗体）

［意訳］無観客で灯火だけが　聖火台で燃えている
世界中の若人が集まり　東京オリンピックが始まった
八月六日は原爆忌であるということを知らないことがあろうか

壯兒　青年。元気さかんな青年
原爆忌　太平洋戦争末期の昭和二十年（一九四五）、広島市と長崎市に原子爆弾が投下され亡くなった人の喪に服する日。広島市では八月六日。長崎市では八月九日。広島市では三十余万人、長崎市では七万人を超す死者が出て、残った被爆者たちは今もなお苦しんでいる
泰平　世の中がよく治まっていること。太平

## ［余談ですが……］原爆手帳

令和三年七月十五日の朝刊を見て目に飛び込んだ見出しがあります。それは「黒い雨訴訟で、二審でも原告側が全面勝訴」というものでした。この訴訟は広島に原爆が投下された直後に降った「黒い雨」を浴びた人々が、被害者として国の援護が受けられないとして、被爆者手帳の交付を求めて、広島県と広島市を訴えたものでした。その後、七月二十九日の朝刊で「国は上告を断念した」との記事を読み、安堵しました。わたしは書架から井伏鱒二著の『黒い雨』を取り出し、久々に読み直し、被爆直後の惨状を思いました。

原爆手帳交付についての貴重な体験談を歯科医師会の大先輩B先生にお聞きしたことがあります。B先生は大正ロマンを体現したような熱血漢でした。B先生は、先の大戦末期に学徒動員で陸軍都城（みやこのじょう）部隊に召集され、衛生班に配属。広島・長崎に原爆が投下されたのは、その時でした。B先生は広島の負傷者救済のため急遽広島に派遣され、終戦直前まで対応にあたりました。

戦後、広島・長崎の被爆者に原爆手帳が交付されることになり、B先生も当然その対象者でした。ところが、B先生は「お国のために一度は捨てた命、今ここに生きているだけでも有難い。どん底の日本国にこれ以上何を求めようか」と、原爆手帳の交付を断ったのです。

それを聞きつけた戦友たちが、後遺症の恐ろしさについてB先生を三年がかりで説得。やっとその手続きに役所へ行くことになりました。

役所の窓口で対応した若い女性は、実に事務的だったといいます。彼女の立場としては、事実関係の確認

広島原爆ドーム

が第一ですから当然だったのかもしれません。広島市に滞在した日数、場所、当時の市内の状況、何の仕事をどのようにしたのか、その手順、さらに広島市内の町名の確認等々……。B先生は、まるで刑事が犯罪容疑者を詰問するように感じたといいます。

ついに、B先生に我慢の限界がきました。B先生は声を荒らげて言い放ちました。

「国が不信感をもって原爆手帳の交付を厭うのなら、それはそれで結構だ。自分としては戦死しなかっただけでも有難く思っている。しかし、役所の窓口であるあなただけには一こと言っておきたい。どうか上司にこれだけはお伝え願いたい。お国のために命を捧げ、衛生兵として原爆投下直後の広島で負傷した市民の手当てに奔走したことは紛れもない事実だ。この体は放射能の中を駆けずり回った体だ。その男が戦後結婚し、何も知らない新妻と新婚初夜にサックをしてセックスをしなければならなかった。この男の悲哀があなたにはわかるか。原爆手帳の交付はしなくてもよろしい」と役所を後にしました。

数十日後、B先生の許に原爆手帳交付の手続きをするようにとお役所から通知がきたといいます。

## 一海知義先生の『漢詩一日一首』より

一海知義神戸大学名誉教授はご自身の著書『漢詩一日一首』の中で、豹軒・鈴木虎雄氏の「原子彈」と平池南桑氏の「原爆少女の像」という漢詩を取り上げています。以下、引用します。

有人嫌敗不言敗
言我不勝彼不敗
五年連呼勝勝勝
原子彈下喫全敗

人有り　敗くるを嫌いて敗くと言わず
言う　我勝たずんば　彼敗けずと
五年　連呼す　勝つ　勝つ　勝つと
原子弾下　全敗を喫す

（引用者注：この詩は去声「十卦」の「敗」の同字重出で韻を三回踏んでいます。また転句でも「勝勝勝」と同字重出しています。作者の豹軒先生が敢えて凝った作り方をしたものと思われます）

自嘲というか、やゆの詩である。その背後に、ある硬質なものを感じさせる。敗戦という言葉はタブーであって、誰も「敗ける」ということを口にしなかった。詩では「人あり」と言う。大部分の人びとがそうだったのだが、そうさせた人びとがいたのである。そして彼らは「我もし勝たずんば彼は敗けじ」などと、理屈にもならぬことを言うのだった。

かくて五年の間、というのは太平洋戦争の始まった昭和十六年（一九四一）から二十年（一九四五）まで、毎日お題目のように連呼しつづけた「勝つ、勝つ、勝つ」と。ところが、原子爆弾炸裂のもと、勝つはずの日本は、完敗を喫してしまった。

原爆を詠じた漢詩をもう一首。題して「原爆少女の像」、五言絶句。作者は、平池南桑氏（一八九〇〜一九八四）、後藤文雄著『詩吟入門』（現代教養文庫、一九七三年）によれば、「名は次郎、大分県宇佐市の人。九州大学に学び、永年女子教育に勤めた。太平洋戦争終結の直前に、学徒兵の長子を失い、老後を太宰府榎寺で、詩作に託している」という。

閃光炮嫩葉
紅涙滿墟中
白塔千羽鶴
長鳴落爆空

閃光(せんこう)　嫩葉(どんよう)を炮(や)き
紅涙(こうるい)　墟中(きょちゅう)に満つ
白塔　千羽の鶴
長鳴す　落爆の空

「閃光　嫩葉を炮き」

広島の空を引き裂くように、一瞬きらめいた鋭い光は、芽を出したばかりの若葉を焼きつくしてしまった。季節は真夏である。「嫩葉」は若葉であるとともに、若葉のようにみずみずしい乙女たちをさすのであろう。「炮(ほう)」は丸焼きにすること。火あぶりの刑を、炮烙(ほうらく)という。罪のない少女は、火あぶりの刑にかけられたように、丸焼きにされてしまった。

原爆少女の像

「紅涙　墟中に満つ」

「紅涙」をしぼるというときのそれは、美人の涙だけれども、ここの紅涙は血涙の意であろう。「墟中」というのも、ふつうは村里の意だが、ここは廃墟の意であろう。何十万という被災者の、血をしぼるような涙が、広大な廃墟の中にみちみちた。

「白塔　千羽の鶴」

敗戦後十年、広島の平和公園には、高さ六メートルの白い塔の上に、少女の像が建てられた。幼女の時に被爆し、中学一年になって原爆症で亡くなった佐々木禎子さんの姿をかたどったものだという。その塔のもとに、平和を祈念する人びとの手によって、千羽鶴がささげられる。

その千羽鶴が、

「長鳴す　落爆の空」

原爆が投下された広島の空に、長く尾をひいて鳴きながら、舞い立つように思える。

（引用以上）

**水をのみ死にゆく少女蟬の声**　　**原民喜**

# 三涯師に学ぶ

## 『三涯漢詩集』と月刊誌「致知」から

濱久雄（三涯）先生は超人的な方です。「生涯是學習」を貫いた方ともいえます。先生は「学問を研究する上で重要なことは、常に疑問を抱き、同時に興味を持って問題を解決する意欲を継続することである」と言われています。ここでは、先生が大東文化大学教授を七十歳で定年退職されてからの生き方を、先生の作られた漢詩を通じて見ていきます。

令和三年（二〇二一）十一月、先生は九十六歳にして五百十六頁にわたる大著『三涯漢詩集』を出版されました。この中から、選び出させていただいた数首と月刊誌「致知」（平成三十一年一月号）に掲載された濱先生へのインタビュー記事「生涯現役─学問への情熱、いまなお盛んなり」を引用しながら、先生の学問に対する姿勢を学びたいと思います。

偶成

往年勵レ學幾春秋
文運不レ成君莫レ愁
懶惰鞭看和漢籍
眼花無レ奈醉還游

三涯　濱久雄

往年学に励む　幾春秋
文運成らざるも　君愁ふる莫れ
懶惰　鞭うち看る　和漢の籍
眼花　奈んともする無く　酔うて還た游ぶ

懶惰　怠ける。おこたる
眼花　眼がかすむこと。目がちらちらする

三涯先生は次のように話されています。

大東文化大学教授を七十歳で定年退職した時は、せめて八十歳までは生きて、自分の研究をまとめて出版したいと考えていました。そして、それが叶って八十歳になってみると、今度は易学と礼学に関して意欲がわいてきたのです。そして易学に関する主要な課題を論じた『東洋易学論攷』を上梓し、さらに『東洋思想論攷―易と礼を中心として』も上梓しました。特に二冊目に関しては本当によく頑張ったものだと、自分でも驚いているくらいなんです。

『周易』にはいい言葉が数多くありますけど、やはり私にとっての一番は「乾の卦の大象」の「天行は健なり。君子以て自ら強めて息まず」ですね。宇宙天体は健やかで何一つ狂いなく春夏秋冬が巡ってくる。それこそ自然の力といってもいいでしょう。また、「坤の卦の文言伝」の「善を積むの家には、必ず余慶有り。不善を積むの家には、必ず余殃有り」は、勧善懲悪の名言としてよく引用される名言ですが、これは味わうべき教訓だと思います。

八十四齢生日有レ感

三涯　濱久雄

八十四齢心未レ休
研鑽日夜坐二書樓一
詩文三禮還周易
百歳將レ愉向學謀

八十四齢　心未だ休まらず
研鑽日夜　書楼に坐す
詩文三礼（周礼・儀礼・礼記）還た周易
百歳　将に愉しまんとす　向学の謀

『東洋思想論攷―易と礼を中心として』を上梓した時点で、もう残りの人生は悠々自適の生活を送ろうと思っていたんですよ。ところがちょっと気を緩めたら、何だか急に物忘れがひどくなってきた。やっぱり頭を使わないとボケるんですよ。

茶梅花　　三涯　濱久雄

諸花凋落發二茶梅一　　諸花凋落して　茶梅発く
籬落耐レ寒何乞レ哀　　籬落寒に耐ふるも　何ぞ哀を乞はん
恰似好文開二雪裏一　　恰も似たり好文（梅）　雪裏に開くに
可憐正是作詩媒　　可憐正に是れ作詞の媒

令和三年十一月には、先生の生涯の総括ともいうべき大著『三涯漢詩集』を発刊されます。

編二纂三涯漢詩集一有レ感　　三涯　濱久雄

自不二編輯一誰得レ窮　　自ら編輯せずんば　誰窮むるを得ん
晩年詩稿逐レ年豐　　晩年の詩稿　年を逐って豊なり
不レ尊二花鳥一從レ心賦　　花鳥を尊ばず　心に従って賦す

無悔人生將近終　悔い無き人生　将に終りに近づかんとす

そして、三涯先生はこのように語っています。「やはり人生というものは目的を持って最後まで生き抜くべきだと思いますね」と。

偶成　三涯　濱久雄

悠悠自適恐招癡　悠々自適　恐らくは痴を招かん
不若鍛頭能決疑　若かず　頭を鍛へ能く疑ひを決するに
事就無爲忘人姓　事就って為す無くんば　人の姓を忘る
讀書心樂總咸宜　書を読み　心楽しめば　総て咸宜し

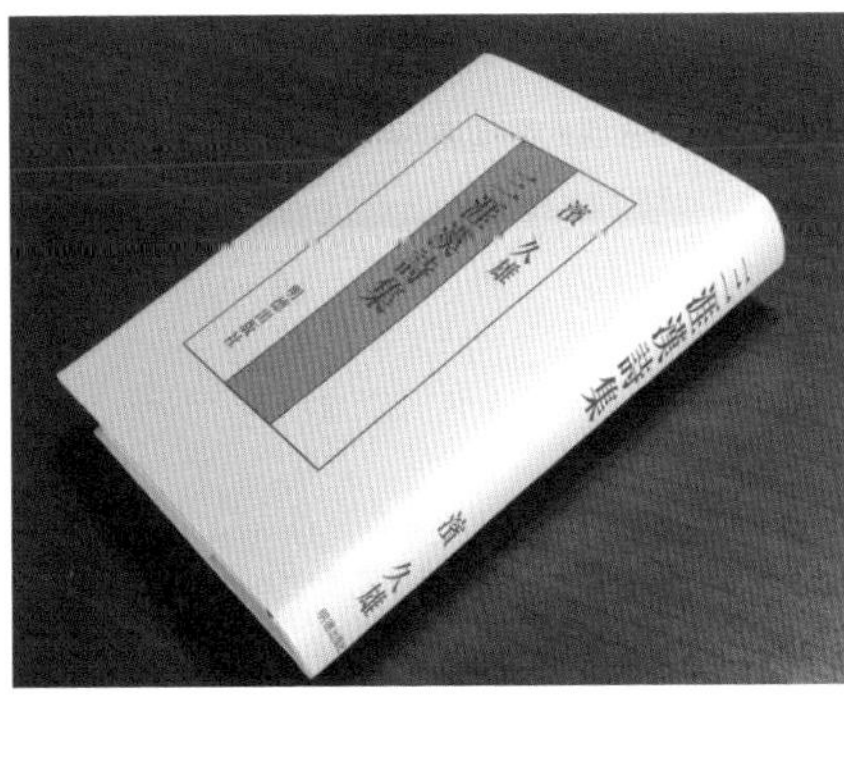


## 三涯師を思う

三涯先生の凄まじいまでの気力溢れる生き方は、わたしのお手本です。この思いを五言律詩に託しました。

學三涯師自省　麟涯　近藤俊彦

百歳誰言罕　百歳　誰か罕なりと言う

一罕　まれ

吾猶餘幾年
交游無輩行
業績有詩箋
友誼厭輕薄
讀書掄聖賢
生涯斯學習
師事志逾堅

吾れ猶お　余す幾年ぞ
交游に　輩行無く
業績に　詩箋有り
友誼は　軽薄を厭い
読書は　聖賢を掄ぶ
生涯　斯れ学習
師事して　志逾〻堅し

交游　交際。友だち
輩行　同輩
業績　ことの出来栄え
詩箋　詩を書くための紙
友誼　友のよしみ
軽薄　うわべだけ調子がよく真心のないこと
読書　書物を読む。学問をする
聖賢　昔の賢人
生涯　生きている間
師事　先生として仕える

（下平一先韻）

［意訳］百歳誰が稀だというのだろう　自分は余すところどの位か
友人の同輩は既になく　ことの出来栄えは詩箋にある
友のよしみに軽薄なことをきらい　読書には昔の賢人をえらぶ
生涯学習である　三涯先生に師事してこの志はますますかたい

現在は「人生百年」の時代になりました。医学の驚異的な進歩と生活水準の向上とが噛み合って、わたしたちの寿命はどんどん延びて百歳を超えるのは常識になろうとしています。三涯先生が、これからもお元気でわたしたちを指導していただけることを願っています。わたしたちには、先生から学ばなければならないことが、まだまだ沢山あります。三涯先生のご長寿を祝っての一首です。

# 『漢詩連れづれ』訂正とお詫び

| 箇所 | 種別 | [誤] | [正] |
|---|---|---|---|
| 27頁2行目 | 読み下し文 | 爽やかに | 爽(さわ)やかに |
| 51頁15行目 | 本文 | 源右衛門 | 源左衛門 |
| 108頁9行目 | 本文 | 一〇七ページ | 一〇五ページ |
| 116頁6行目 | 本文 | 最優秀作品の漢詩碑が建てられています。 | 最優秀作品を陶板に焼きつけた漢詩碑が建てられています。 |
| 116頁6行目 | 本文 | この陶板の漢詩 | この漢詩 |
| 134頁 | 写真説明 | 南岳は柑橘 | 南丘は柑橘 |
| 144頁11行目 | 読み下し文 | 三(み)笠 | 三(み)笠(かさ) |
| 150頁3行目 | 意訳 | 燦燦たる | 燦々たる |
| 168頁6行目 | 本文 | ぽめでとうございます | おめでとうございます |
| 175頁15行目 | 本文 | わかちょらぁ | わかっちょらぁ |
| 184頁3行目 | 読み下し文 | 恣(き)睢 | 恣(し)睢(い) |
| 190頁11行目 | 読み下し文 | 客辞(きやくじ)して | 客辞(かくじ)して |
| 199頁12行目 | 読み下し文 | 晶(あきら)らかに | 晶(あき)らかに |
| 203頁4行目 | 読み下し文 | 限(かぎ)り無き | 限(かぎ)り無(な)き |
| 同頁5行目 | 原詩 | 鬢髪 | 鬢上 |
| 同頁6行目 | 原詩 | 會心 | 可レ期 |
| 245頁5行目 | 読み下し文 | このごろ | このころ |

以上、謹んでお詫びするとともに、訂正いたします。

頌壽　　　麟涯　近藤俊彦

碧空風爽瑞雲晨
堪ㇾ喜加餐壽二誕辰一
隔ㇾ地相懷安穩否
吾孤擧ㇾ盞祝二全人一
（上平十一真韻）

碧空風爽やかに　瑞雲の晨
喜ぶに堪えたり加餐　誕辰を寿ぐ
地を隔てて相懐う　安穏なりや否や
吾は孤り盞を挙げ　全人を祝わん

［意訳］青空の風は爽やかに　瑞雲の朝
先生の長寿を喜び　誕生日を寿ぐ
遠く離れて思う　「お元気でいらっしゃるかなあ」と
ひとり　杯を挙げて　全人の生まれた日を祝おう

碧空　あおぞら
瑞雲　めでたい時にそのしるしとして現れるという雲。慶雲。景雲
晨　朝
加餐　御馳走を食べる意から転じて、長生き。長寿のこと
誕辰　誕生日
安穏　何事もなく穏やか
盞　大きなさかずき
全人　知徳が優れていて事理の通達した人

実は、わたしは三涯先生にまだ一度もお目にかかったことがありません。どうしても一度はお目にかかりたいとコロナ禍が下火になったある日に急遽上京、初めて先生の御尊顔を拝しました。滞在すること数時間。先生は大変お元気でいろいろと多彩なお話をして下さいました。昼食にはお寿司屋さんにご招待いただき、却ってご迷惑をおかけしたと申し訳なく思っています。

先生にお会いし励まされて、わたしは漢詩への意欲がますます湧いてきました。

訪二師家一

櫻花時節避二春喧一
與レ友尋敲師父門
滿架書巻塵境外
清容矍鑠述二詩論一

（上平十三元韻）

麟涯　近藤俊彦

桜花の時節　春喧を避け
友と尋ね敲く　師父の門
満架の書巻　塵境の外
清容矍鑠として詩論を述ぶ

| | | | |
|---|---|---|---|
| 師家 | 先生の家 | 書巻 | 書籍 |
| 時節 | 時候。季節 | 塵境 | 俗世間 |
| 春喧 | 春のやかましさ | 清容 | 清らかな姿 |
| 師父 | 先生 | 矍鑠 | 壮健なさま |
| 満架 | 書だな一杯 | | |

［意訳］桜の花の咲くころ　春の騒がしさを避けて
友達と三涯先生の家を訪問した
先生の書架には書籍が一杯で　まるで俗世間を離れたよう
先生は清々しいお姿でご壮健　詩論を大いに述べて頂いた

濱先生より「千里を遠しとせずして僻陬の地を訪問され、立派な詩を贈られ感激です」とのコメントをいただきました。恐縮至極に存じます。

濱久雄（三涯）先生と著者（令和4年4月3日）

## 三涯師最後の七言絶句

先生にお会いしてわずか二か月余り、令和四年（二〇二二）六月二十九日に突然先生の訃報に接しました。あれほどお元気だったのに……。

七月十三日、詩友の高島蘭泉さんから「二松詩文」に投稿された先生の七言絶句・二首のコピーが送られてきました。先生の最後に作られた詩が、わたしと初めてお会いしたときの詩とは……。断腸の思いです。

迎二遠來友一歡談

都下西陲阪僻鄕
自二豐後一訪引レ領望
雌黄七歳快談叶
浮世因緣牽レ興長

（下平七陽韻）

三涯　濱久雄

都下西陲（とかせいすい）　阪僻の郷（すうへききょう）
豊後（ぶんごよ）自り訪れ（おとず）　領を引いて（りょうひ）望む（のぞ）
雌黄七歳（しこうしちさい）　快談叶ふ（かいだんかな）
浮世の因縁（ふせいいんえん）　興を牽いて（きょうひ）長し（なが）

都下　東京都の
西陲　西の果て。ここでは濱先生の住まいのある「あきる野市」のことをいう
阪僻　かた田舎

郷　むらざと。邑里
豊後　大分県南部のこと
引領　首を長くのばして
望　待ち望む
雌黄　添削

快談　楽しい会話
浮世　はかないこの世。定めのないこの世
因縁　私的関係
興　よろこび。楽しみ

［意訳］東京の西の果て　片田舎の村里へ
はるばる大分の地より訪問されるのを　首を長くして待ちました
漢詩の添削は足かけ七年になりますが　本当に楽しい会話ができました
はかないこの世の間柄ですが　このよろこびはいつまでも続くでしょう

清容矍鑠たり

先生の奥様も大変お元気で、わたしはお二人の写真を撮らせていただきました。奥様は、初めはソファーの端にちょこんとかけて、どうも固くなって構えていらっしゃる。そこでわたしは「奥様、もっとダーリンのそばに寄り添って」と声をかけました。奥様が「はい」とご返事をされて先生の側によると、お二人は照れて笑顔になった、その瞬間を狙ってシャッターを押しました。

シャッターチャンスがよかったのでしょう。お二人がにっこり笑って写ったその写真はプロが撮った写真のようにでき上りました。わたしは早速大きく引き伸ばし額に入れ、先生にお送りしました。その写真をご覧になった感想を先生は七言絶句に託されていたのです。

題二近藤俊彦氏所レ贈鏡框相片一　三涯　濱久雄

天然採色寫レ眞全
翁媪破顔好運圓
相片玄人有レ誰及

天然の採色　真を写して全し
翁媪破顔して　好運円なり
相片は玄人　誰有ってか及ばん

---

鏡框　ガラス張りの額縁
相片　姿形のうつったもの。ここでは「一枚の写真」のことをいう
採色　いろどり
眞　本当の姿
全　かけるところがない。完全
翁媪　老夫婦

珍希如レ寶欲二長傳一　珍希宝の如く　長へに伝えんと欲す
（下平一先韻）

［意訳］天然のいろどりで　真の姿を写して欠けるところがありません
老夫婦が相好を崩して　あなたとの好い巡り合わせにまろやかです
この一枚の写真はプロの写真のようで　誰がこれ以上の写真が撮れましょうか
この立派な写真を宝ものとして　末永く我が家に伝えたいと思っています

破顔　相好をくずす
好運　よい巡り合わせ
圓　まろやか
玄人　専門家
珍希　立派なもの。優れたもの

この章の最後に、髙島蘭泉さんの詠じた濱先生追悼の詩を載せさせていただき、謹んで濱先生のご冥福をお祈り申し上げます。

悼二三涯濱久雄先生一　蘭泉　髙島美津子

雖レ全二天命一不レ堪レ悲　天命を全うすと雖も　悲しみに堪えず
碩學雌黄絶妙詞　碩学の雌黄　絶妙なる詞
册子掌中常再讀　冊子掌中　常に再読す
香煙一炷涙雙垂　香煙一炷　涙双垂
（上平四支韻）

碩學　大学者。学識が広く深いひと
雌黄　添削
册子　本。書物。書籍
一炷　香のひとくゆり。線香などを数える単位

［意訳］先生は天寿を全うされたのだと思っていますが　悲しみに耐えられません
大学者であられた先生の添削は　絶妙でした
私は先生の書物を手に　いつも読みかえしておりましたのに……
仏前に供える香のひとくゆりに　目から涙が流れ落ちてきます

# 歌舞伎

# 江戸っ子漢詩人

濱三涯先生の高弟に、呆堂（ほうどう）・土川泰信（つちかわやすのぶ）さんという方がいらっしゃいます。既に自作の漢詩集を四冊も出された大家です。独特の作風で歌舞伎、寄席、大相撲、文楽、日本の歴史上の人物や逸話など、日本文化を見事な漢詩にされており、わたしは呆堂先生を「江戸っ子漢詩人」と名付けました。

江戸っ子特有の気っ風のよさ、歯切れのよさ、さらに粋でいなせで人情家で涙もろく、正義感を持った方というイメージです。こういった雰囲気が呆堂先生の漢詩に反映されていて、先生の漢詩を鑑賞すると江戸っ子気分になります。

呆堂先生は、昭和三年（一九二八）神奈川県横須賀市生まれ、東京大学法学部を卒業後、日本勧業銀行（後の第一勧業銀行・現みずほ銀行）に入行、重役までされました。定年退職後、現在は事務所を構えて弁護士活動を続けておられます。

今回、『漢詩連れづれ』の出版にあたり呆堂先生のお許しを得て、先生の漢詩集の中から何首かをご紹介いたします。

呆堂・土川泰信先生の漢詩集

＊

歌舞伎を漢詩で詠ず。このアイディアには驚きました。これを難しい七言律詩でやってのけたのが呆堂先生です。

律詩には五言律詩と七言律詩があり、それぞれ二句単位で、首聯(しゅれん)・頷聯(がんれん)・頸聯(けいれん)・尾聯(びれん)の八句で構成されます。特徴は、頷聯の二句と頸聯の二句のそれぞれが対句を成すということで、この対句を考えるのが難しいところであり、また面白いところです。作者の腕の見せ所ともいえます。また、押韻は五言律詩では二・四・六・八句目の五字目で韻を踏み、七言律詩の場合は、一・二・四・六・八句目の七字目で韻を踏むことになっていますので、七言律詩は作るのがより一層難しくなります。

呆堂先生には、歌舞伎を詠じた七言律詩が多く、いずれも優れた詩です。先生がいかに歌舞伎に造詣の深い方かがわかります。ここでは、わたしの好きな名題の詩を選ばせていただきました。

歌舞伎の詩は、その内容を理解していなければわかりにくいところがありますので、それぞれの名題のあらすじや見せ場を簡単に紹介してから、漢詩を紹介します。

## 弁天小僧（青砥稿花紅彩画(あおとぞうしはなのにしきえ)）

昭和三十年（一九五五）、歌手の三浦洸一が歌って大ヒットした次の歌をご存じでしょうか。

弁天小僧　　作詞　佐伯孝夫／作曲　吉田　正

牡丹の様なお嬢さん
シッポ出すぜと浜松屋
二の腕かけた彫物の

桜にからむ緋縮緬
しらざぁいって聞かせやしょう
オットセ俺らぁ弁天小僧菊之助

以前を言やぁ江の島で
年期づとめのお稚児さん
くすねる銭もだんだんに
とうとう島をおわれ鳥
噂に高い白波の
オット俺らぁ五人男のきれはしさ

いろいろと説明するよりも、この有名な歌謡曲を口ずさめば「弁天小僧」の大略は理解できますが、まずは解説から。

作者は河竹黙阿弥（かわたけもくあみ）（文化十三年〜明治二十六年：一八一六〜一八九三）、江戸時代末から明治時代に多くの名作を残した歌舞伎狂言作者です。

わたしはなぜか、盗賊を主人公にした「白浪もの」が好きで、登場人物は悪人でありながら憎めないキャラクターの者が多く、彼らの魅力ある名セリフがわたしを捉えて離しません。明治時代の文豪・坪内逍遥が「江戸演劇の大問屋」、「明治の近松」、「我が国の沙翁（シェークスピア）」と黙阿弥を絶賛したのも首肯できます。

「弁天小僧」は五人組の盗賊の成り立ちからその終焉までを描いた作品です。正式には「青砥稿花紅彩画」ですが「弁天娘女男白浪」や「白浪五人男」という通称の方がよく知られています。「白浪（波）」とは中国山西省にあった砦の名。黄巾の賊の拠点であったため、転じて盗賊のことをいいます。五人組は、首領の日本駄右衛門、弁天小僧菊之助、南郷力丸、赤星十三郎、忠信利平の五人です。

浜松屋は江戸の大きな呉服屋さんで番頭や手代もたくさんいます。その浜松屋に武家（二階堂家家臣・早瀬主水）の娘とお供の若侍がやってきます。婚礼準備の衣装を買うためです。いろいろと品定めをしているすきに、その娘が商品の緋鹿子の小布をそっと懐に入れます。万引きです。それを見つけた番頭が騒ぎ立てます。

店の者たちが二人を取り囲んでもみあい、番頭がそろばんで娘の頭を叩いて怪我を負わせます。すると、お供の若侍は、この小布は山形屋で買ったものだと証拠の符牒を取り出して見せます。さあ大変です。万引きではなかったのです。番頭や若旦那の宗之助、さらに大旦那の幸兵衛も出てきて平謝り。若侍は大事なお嬢様を傷つけられて、このままお屋敷へは帰れないと、慰謝料を要求します。

百両払うことで若侍は何とか納得し、娘を連れて帰ろうとします。そのとき、店の奥から黒頭巾姿の侍が現れ、「それがしは二階堂家の家臣・玉島逸当と申すもの。我が屋敷には早瀬主水と名乗る者はおらぬぞ」と言い、その娘は女ではなく男だと言い放ちます。

正体を見破られた娘は態度を豹変、友禅染めの黒地振袖をほどき、浅葱と緋の段鹿子、緋縮緬の長襦袢を肩にかけ桜の入れ墨を見せながら、ふてぶてしくキセルをくわえて胡坐を組んで言います。

「もう化けちゃあ いられねえ。われこそは盗賊の弁天小僧菊之介だ」と、上品で淑やかな武家のお嬢さんが正体を表し、図太い男の声で名乗ります。若侍も盗賊仲間の南郷力丸だと明かします。カネ目当ての強請に失敗した二人は百両を返し、膏薬代として二十両だけを手に入れて店を後にします。

弁天小僧菊之助の名セリフです。

知らざぁ言って聞かせやしょう。浜の真砂と五右衛門が歌に残せし盗人の種は尽きねえ七里ケ浜、その白浪の夜働き、以前をいやあ江の島で、年期勤めの稚児ケ淵。百味講でちらす蒔銭を、当に子皿の一文子、百が二百と賽銭の、くすね銭せえだんだんに、悪事はのぼる上の宮、岩本院で講中の、枕捜しも度重り、お手長講の札付きに、とうとう島を追い出され、それから若衆の美人局、ここやかしこの寺島で、小耳に聞いた音羽屋の、似ぬ声色で小ゆすりたかり、名さえ由縁の弁天小僧菊之助たァ、おれがことだ。

（『歌舞伎入門事典』より）

（「音羽屋の」と言うときは弁天小僧を尾上菊五郎が演ずる場合のみといいます。代々音羽屋のお家芸だからです）

この弁天小僧たちの企みを見破って追い返した侍こそ盗賊仲間の首領・日本駄右衛門です。このようにして店のものを信用させ、その夜、浜松屋に泊まり仲間を手引きし、あとの四人が浜松屋に押し入ろうとの策略だったのです。

後に、浜松屋の倅・宗之助は日本駄右衛門の実子であり、弁天小僧は浜松屋の主人・幸兵衛の息子であるという因果な話も出てきます。

この白浪五人男も捕り手に追われ、最後は稲瀬川の川端に勢揃いし、一人一人名乗りをあげた後、それぞ

「弁天娘女男白浪」弁天小僧＝七代目尾上菊五郎、平成 30 年 5 月歌舞伎座、© 松竹株式会社）

れ逃亡しますが、全員、憐れな最期を遂げます。

弁天小僧菊之助　　呆堂　土川泰信

辨天小町女銀濤
稲瀬川邊勢揃號
河竹名創轟二世界一
舞臺技藝壓二吾曹一
征人捕縛紛争治
盗賊就縄安穏高
悪黨滅亡平生代
帝都全域漬二錢刀一

（下平四豪韻）

弁天小町（べんてんこまち）　女銀涛（おんなしらなみ）
稲瀬川辺（いなせかわべ）　勢揃い（せいぞろい）の号（さけび）
河竹（かわたけ）の名創（めいそう）　世界（せかい）に轟（とどろ）き
舞台（ぶたい）の技芸（ぎげい）　吾曹（ごそう）を圧（あっ）す
征人捕縛（せいじんほばく）　紛争（ふんそう）の治（おさ）まり
盗賊就縄（とうぞくしゅうじょう）　安穏（あんのん）高（たか）し
悪党滅亡（あくとうめつぼう）　平生（へいぜい）の代（だい）
帝都全域（ていとぜんいき）　銭刀（せんとう）に漬（ひた）る

（この律詩の原詩頷聯二句目は「歌舞伎技壓吾曹」でしたが、呆堂先生のお許しを得て、筆者が「舞臺技藝壓吾曹」と改変させていただきました）

## ［余談ですが……］中入り――ある歌舞伎ファンの話

わたしの友人に歌舞伎通のAさんがいました。何度か東京の歌舞伎座や京都の南座に出かけましたが、田舎住まいの我々にとって年中は行けません。お互いの休日が都合よく空いているときは、二人で「歌舞伎ビデオ鑑賞会」を行いました。中入りには、近くの料亭の幕の内弁当を取り寄せて食事をしながら歌舞伎談義をし、またビデオ観劇です。田舎の歌舞伎ファンはこのような工夫をして歌舞伎座の雰囲気を味わっていたのです。これはこれで本当に楽しい時間でした。

そのAさんと歌舞伎座に出かけたときの話です。出し物は、七代目尾上菊五郎の弁天小僧菊之助。身分不相応にも桟敷席を取りました。桟敷席は二人席で掘りこたつがあり、中入りには、桟敷弁当とお茶を仲居さんが運んでくれます。皆さんは食堂に行っておりますので客席は疎(まば)ら。その客席を眺めながらの食事にAさんは「絶景かな、絶景かな。はて、うららかな、眺めじゃなぁ」と、石川五右衛門のセリフを言いながらご満悦でした。

この日の宿は帝国ホテル。Aさんは江戸っ子譲りの「宵越しの金は持たぬ」性格の方でしたから、夕食は日本を代表する新橋の料亭「金田中(かねたなか)」の銀座店で大変豪華

歌舞伎座正面

なものでした。

夢のような一日を終えてホテルに引き上げ、熟睡している真夜中にAさんから電話、「腹が減ってもてんがな。何か食べに行こうえ」。そこで、

一歩表に踏み出せば、天は幽明、地は皚皚。

ふたり仲間の田舎者、一面の雪蹴り立てて、行く手は有楽ガード下。

サク、サク、サク、サク、サク、サク……。

「おう、あったぞ！ ラーメン屋じゃー」

そこは小さな立ち食いラーメン店。三百円のラーメンを二人で啜り、Aさん曰く、

「ああ旨かったなあ。やっぱあ、我々にゃ、これん方が口に合うちょるわ」

これが豪遊の貴重な結論でした。

## 三人吉三（三人吉三 廓 初買）

呆堂先生の歌舞伎律詩はまだまだたくさんありますが、先生の漢詩集にも載っていない最新の一首をご紹介します。この一首は、先日、呆堂先生よりわたし宛に送っていただいた新作です。

作者は河竹黙阿弥。和尚・お坊・お嬢の三人の吉三の盗賊の話で、名題は「三人吉三巴白波」です。現在では「大川端」がよく上演されます。

芝居絵「三人吉三」（日本銀行貨幣博物館所蔵）

夜道に立って客を取る夜鷹（娼婦）のおとせは、客が忘れていった百両の金をその客に届けようと、隅田川のほとり大川端を通りかかります。そこへ裕福そうな身なりのお嬢さんに道をたずねられます。道を教えながら行きますと、このお嬢さんは女に化けた盗賊のお嬢吉三で、おとせの持っている百両を奪い、おとせを川に蹴落としてしまいます。

百両を手に入れたお嬢吉三が有名なセリフをここで言います。丁度、駕籠で通りかかった浪人風の盗賊お坊吉三が、その様子を見ていてお嬢吉三を呼び止めます。百両を巡って二人は切り合いを始めますが、そこへ嘗ては出家した身の和尚吉三がとめに入り、二人は争いを和尚吉三にあずけます。吉三と名のつく盗賊三人が出会ったのを縁に、三人はお坊吉三を兄貴分として兄弟の契りを結びます。

序盤に当たる部分「大川端」だけが繰り返し上演されるのは、お嬢吉三の名セリフがあるからです。カッコよさ、気っ風のよさ、潔さなど、魅力あふれる内容が耳に心地よい七五調で語られます。

月も朧に白魚の、篝も霞む春の空、つめてえ風もほろ酔いに、心持ちよくうかうかと、浮かれ烏のただ一羽、塒へ帰る川端で、棹の雫か濡手で粟、思いがけなく手に入る百両、……ほんに今夜は節分か、西の海より川のなか、落ちた夜鷹は厄落とし、豆沢山に一文の銭と違った金包み、こいつぁ春から縁起がいいわえ。

（前掲書より）

節分の晩の厄払いの風俗や季節感が盛り込まれ、名セリフがお嬢吉三によって気持ちよく語られます。呆堂先生も気持ちよく律詩を詠じておられます。

三人吉三巴白波　　呆堂　土川泰信

今月芝居巴吉三
歌舞伎座揃丁男
人心戀戀富川面
義擧營營充岸潭
寶物直傳悲憤種
主従絶對遠因庵
太平天國無難世
大衆盈盈名作耽

（下平十三覃韻）

今月の芝居　巴吉三
歌舞伎座　丁男揃ふ
人心恋々　川面に富み
義挙営々　岸潭に充つ
宝物直伝　悲憤の種
主従絶対　遠因の庵
太平天国　無難の世
大衆盈々として　名作を耽しむ

## 勧進帳

わたしは歌舞伎の演目で一番好きなのは「勧進帳」です。勧進帳だけは十数回観ています。そのたびごとに感動して涙を流します。

古い話ですが、わが町津久見の赤八幡神社西側に「蓬莱館」という木造二階建ての立派な芝居小屋がありました。戦前、みかん作りで財を成した方たちが出資して作ったものです。本格的な回り舞台やセリもあり、桟敷席は江戸風の立派なものでした。

この蓬莱館で戦後、河原崎長十郎の「前進座」公演があり、「勧進帳」が演じられました。もちろん、弁慶役は、座長の河原崎長十郎。昼夜二回公演で、わたしは、昼の部は母親と、夜の部は父親について行きました。小学校五年生でした。普通でしたら小学生には理解できない内容です。それが母親からは武士の世界の主従の解説を、父親からは以心伝心の男の世界の解説を聞き感動したのを今でも鮮明に覚えています。このときに脳内に刷り込まれた感動が、まだ続いているのでしょう。

その後、歌舞伎座で再び感激して観たのが、初代松本白鸚(はくおう)（故人）が八代目・松本幸四郎を名乗っていたときです。口跡(こうせき)が大変立派で、ちょっと嗄(しわが)れた声が大変魅力的でした。そして、ご子息の九代目・松本幸四郎（現・白鸚）と二代目・中村吉右衛門。この二人の「勧進帳」も親ゆずりの見事なものでした。

十二代・市川團十郎の襲名公演は「勧進帳」をやるということを知り、医院を休診にして、歌舞伎座に駆けつけました。しかし、素人のわたしが言うのは大変失礼ですが、高麗屋(こうらいや)の口跡を知っているわたしには、物足りなかった思いがあります。團十郎はセリフの発音が前に出ず口ごもってしまうのです。その十二代目は平成十五年（二〇〇三）に逝去。令和四年（二〇二二）に市川海老蔵が十三代市川團十郎を襲名。襲名披露公演が東京歌舞伎座で行われましたが、コロナ禍のため行くことができず大変残念でした。

弁慶役をやらせて最高だったのは西の片岡仁左衛門と東の故・中村吉右衛門でした。双璧と言っても過言ではありません。その風姿、口跡、演技力には痺れました。わたしは生あるうちに、もう一度、このお二人の演じる弁慶を観たいと思っていましたが、中村吉右衛門は若くして亡くなり残念でなりません。

「勧進帳」の作者は江戸時代末期の歌舞伎狂言作者の三代目並木五瓶（寛政元〜安政二年：一七八九〜一八五五）。「歌舞伎十八番」の中でも最も人気があり、しばしば上演され、数々の名優に熱演されてきました。

「勧進帳」は、能の「安宅」を歌舞伎に翻案したものです。松の羽目板を舞台の正面に置き、その前に、地方が全員並びます。そして、おもむろに「安宅」のお謡で始まります。

〽旅の衣は篠懸の　旅の衣は篠懸の
露けき袖や萎るらん
（旅の衣は山伏の篠懸の衣　篠懸を着て旅に出ると
露で濡れた袖は涙でしおれてしまう）

兄源頼朝の猜疑心から謀反人として追われる身になった源義経は、山伏姿に扮装した弁慶の荷物持ちの強力として、奥州の藤原秀衡をたよって陸奥国へ落ちのびて行きます。

加賀国安宅の関（現在の石川県小松市）にさしかかった一行は、山伏と偽って通過しようとしますが、義

豊原国周「勧進帳」（伊場屋、明治８年、国立国会図書館デジタルコレクション）

経一行が山伏姿になっているという情報はすでに入っていて通ることができません。東大寺再建の寄付集めのためと言う弁慶に、関守の富樫左衛門は、寄付の主旨を書いた勧進帳を読むように要求します。

弁慶は、笈の中から白紙の巻物を取り出して、即興で勧進帳の文句を堂々と読み上げます。富樫は、さらに山伏について鋭い質問をして本物の山伏であるかどうかを確かめようとしますが、弁慶はそれにも見事に答えていきます。いわゆる「山伏問答」です。

**富樫**　世に仏徒の姿さまざまあり。中に山伏は厳めしき姿にて仏門修行も訝しし、これにも所由あるや如何に。

**弁慶**　その由来いと易し。それ修験の法と云っぱ、胎蔵金剛の両部を旨とし、嶮山悪所を踏みひらき、世に害をなす悪獣毒蛇を退治して、現世愛民の慈愍を垂れ、或いは難行苦行の功を積み、悪霊亡魂を成仏得脱させ、日月晴明、天下泰平の祈禱を修す。かかるが故に、内には慈悲の徳を納め、表は降魔の相をあらわし、悪鬼外道を威伏せり。これ神仏の両部にして、百八に数珠に仏道の利益をあらわす。

**富樫**　そもそも九字の真言とは、如何なる義にや、事のついでに問い申さん。さゝ、なんと、なんと。

**弁慶**　九字は大事の神秘にして、語り難き事なれども疑念の晴らさんその為に説き聞かせ申すべし。それ九字の真言と云っぱ、所謂臨兵闘者皆陳列在前の九字なり。将に切らんとする時正しく立って歯を叩く事三十六度。右の大指を以ってまず四縦を描き、後に五横を描く。その時急々如律令と呪する時はあらゆる五陰鬼煩悩鬼、まッた、悪魔外道死霊生霊たちどころに滅ぶる事、霜に熱湯を注ぐが如く実に元品の無明を切る大利剣、莫耶の剣も何ぞ如かん。まだ、このほかにも修験道の道、疑いあらば尋ねに応じて答え申さん。その徳広大無量なり。胆に彫りつけ人にな語りそ、あなかしこ、あなかしこ。大日本の神祇諸仏菩薩も照覧あれ、百拝稽首かしこみ、かしこみ、謹んで申すと云々、かくのとおり。

（前掲書より）

弁慶の機転でやっと通行許可が出て立ち上がろうとするとき、強力に扮している義経がよろよろと立つのを見られて待ったがかかります。見破られたと思った弁慶は金剛杖でその強力をさんざん叩き、義経でないことを証明しようとします。富樫は主君を叩いてまでも助けようとする弁慶の心中を察し、義経一行と知りつつ関所を通過させます。

関所を無事通過した一行は山かげで休息を取ります。義経は弁慶の手を取って感謝し、いたわりの言葉をかけます。生死を共にする義経と弁慶の深く美しい信頼関係が感動的です。

弁慶の行動に武士として共感した富樫は、弁慶一行を追いかけて来て酒をもてなします。一刻も先を急ぐ一行ですが、弁慶は富樫の盃を受けます。酒豪の弁慶は、大きな器で酒を要求し次々と飲み干して、延年の舞を披露。その間、一行に先に行くよう合図して義経たちを先行させます。弁慶は頃合いを見計らって富樫に別れを告げ、一行の後を追います。

義経と弁慶であることがわかっている富樫は、右手に持った扇子を高々と掲げて黙って見送ります。あたかも「無事に落ち延びるように」と祈っているかのようです。

その富樫に弁慶は黙って深く頭を垂れて返礼します。この世の一切の束縛と桎梏を離れた二人の心が通いあう感動的場面です。

舞台に幕が引かれ、花道にライトがあたります。いわゆる幕外です。ここで弁慶は大きくゆったりと見得を切り、先行させた義経らに追いつこうと「飛び六方」で花道を駆け抜けます。「六方（六法）」とは、手足を東西南北天地の六方向に動かしながら退場する演技です。富樫の情けで無事関所を通過した喜びと安堵感。弁慶の感情が美しい形となって、花道で躍動します。

勸進帳　　麟涯　近藤俊彦

關守辨慶安宅場
滔滔問答盡二攻防一
主君打擲金剛杖
安堵于窮飛六方
（下平七陽韻）

関守と弁慶　安宅の場
滔々たる問答　攻防を尽くす
主君を打擲す　金剛の杖
安堵于に極まる　飛六方

［意訳］関守の富樫と弁慶の対峙する　安宅の関

---

關守　関所を守る役人
安宅　加賀の国（石川県）安宅の関所
滔滔　よどみなく話すこと
打擲　打ち殴ること
金剛杖　山伏の持つ杖。金剛は仏教では、堅固・最上を意味する
安堵　物事がうまくいって、安心ほっとすること

「勧進帳」（弁慶＝二代目中村吉右衛門、平成 26 年 3 月歌舞伎座、© 松竹株式会社）

両者の間で滔々と交わされる問答は　熾烈を極める
弁慶は金剛杖で主君義経を叩いて関守の追求をかわす
関所を無事通過、弁慶も観客もやっと安心して弁慶は飛び六方で主君のあとを追う

## ［余談ですが……］打ち出し・歌舞伎のれん

ある年、新装なった東京の歌舞伎座に行ったとき、売店で歌舞伎手ぬぐいを四種類求めました。「切られの与三郎」「助六」「お嬢吉三」それに「弁慶と富樫」です。

この手ぬぐいを別府市在住のパッチワークの先生・太田靖子さんにお願いして、表裏二枚ずつ縫い合わせてもらい「歌舞伎のれん」に仕上げていただきました。

何故この手ぬぐいを選んだのか。どの名題にも名セリフがあるからです。「勧進帳」には弁慶と富樫の熾烈な問答、「助六」には遊女・揚巻の「深い浅いは……」、「お嬢吉三」の名セリフは、「月も朧に……」。そして「切られの与三郎」の名セリフ。

「切られの与三郎」（名題は「与話情浮名横櫛」）、そのあらすじをちょっと紹介しましょう。

江戸の大店・伊豆屋の養子の与三郎は、後から生まれた実子に店を譲るため、わざと身を持ち崩し、木更津に預けられます。浜辺で、土地の親分・赤間源左衛門の妾・お富に出会い、互いに一目惚れします。逢引現場を源右衛門に見つけられ、与三郎は総身に疵を付けられ、海に投げ捨てられます。お富も海に身を投げるものの、二人とも九死に一生を得ます。

お富は和泉屋の番頭多左衛門に救われ、源氏店の別宅に住むことになります。一方、全身に刀傷を負った与三郎は「切られの与三」と異名を持つならず者に身を落とし、ごろつき仲間の蝙蝠安と強請騙りをしながらの日陰者の生活をしています。

ある日、蝙蝠安と共に源氏店の妾宅に強請りに行きます。ところが偶々入ったその家に住む女は死んだはずのお富でした。与三郎とお富の三年ぶりの再会です。それと気付かぬお富に新内流しの合方に乗ってゆったりとした口調で、掛け詞を多用しながら、与三郎が名セリフでお富を強請るのです。

近松門左衛門以来の伝統が脈々と受け継がれています。

「え、御新造さんぇ、おかみさんぇ、お富さんぇ、いやさ、これ、お富、久しぶりだなぁ」で始まります。

しがねえ恋の情が仇、命の綱が切れたのを、どう取り留めてか木更津から、めぐる月日も三年越し、江戸の親にやぁ　勘当受け、拠所なく鎌倉の、谷七郷は喰い詰めても、面へ受けたる看板の、疵が勿怪の幸いに、切られの与三と異名を取り、押借り強請りも習おうより、慣れた時代の、源氏店、そのしらばけか黒塀に、格子造りの囲いもの、死んだと思ったお富たぁ、お釈迦様でも気がつくめぇ、よくまぁお主やぁ、達者でいたなぁ。安やい、これじゃぁ、一分じゃぁ帰られめぇじゃねぇか。（前掲書より）

ここで余談の余談です。昭和二十九年（一九五四）に春日八郎の唄で大ヒットした「お富さん」という歌謡曲があります。

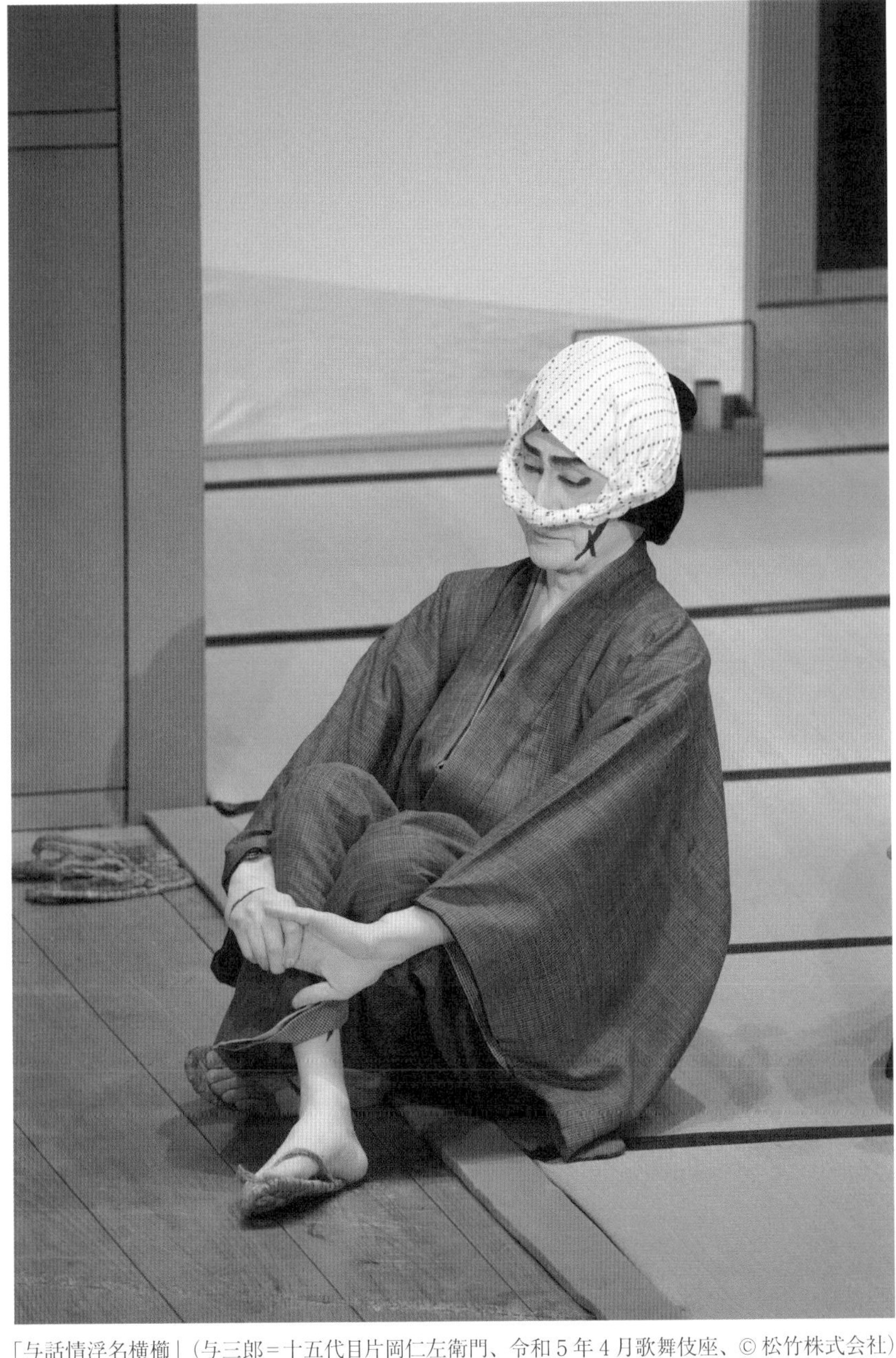

「与話情浮名横櫛」（与三郎＝十五代目片岡仁左衛門、令和５年４月歌舞伎座、© 松竹株式会社）

芝居絵「与話情浮名横櫛」切られ与三井澄屋にて（日本銀行貨幣博物館所蔵）

お富さん　　作詞　山崎正／作曲　渡久地政信

粋な黒塀見越しの松に
仇な姿の 洗い髪
死んだはずだよ お富さん
生きていたとは お釈迦さまでも
知らぬ仏の お富さん
エッサオー 源治店（げんやだな）

わたしたちは「源治店」とはなんのことか知らないままに歌っていましたが、実はこれは地名なのです。歌舞伎の与三郎のセリフでは「源氏店（げんじだな）」とでてきます。本当の地名は、現在の東京日本橋人形町三丁目あたりで「玄冶店（げんやだな）」でした。「玄冶」とは徳川家の御典医だった岡本玄冶のことで、彼が幕府から拝領した屋敷跡を「玄冶店」と呼んでいたのです。

切られの与三郎のセリフに出てくる「源氏店」は、鎌倉に実在した地名を借用したものだったそうです。当時は歌舞伎などの芝居の中に実際の名前や事件などをそのまま使

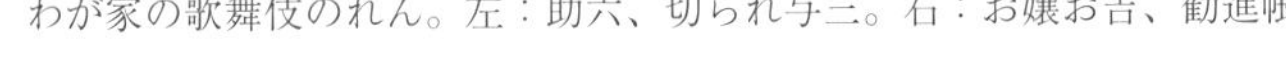
わが家の歌舞伎のれん。左：助六、切られ与三。右：お嬢お吉、勧進帳

うことは固く禁じられていましたので、「源氏店」に似た「玄冶店」とし、さらに、読みが同じ鎌倉の「源氏店」として歌舞伎のセリフに使ったのです。徳川幕府の厳しい監視のもとでも、それを巧みにかわしていく歌舞伎作者の苦労がうかがわれます。

わたしはこのことを知り、白楽天の「長恨歌」の第一句を想いました。

漢皇重レ色思二傾國一　漢皇色を重んじて傾国を思う

唐の時代を漢の時代に置きかえています。どこの国でも苦労はおなじですね。

さて、わが家ののれんのことですが、これは今も自宅と診療室との間の廊下に下げています。朝、診療室に出る際には、「切ら

玄冶店の石碑（日本橋人形町）

れの与三」と「助六」ののれんをくぐって気合を入れて出ます。歌舞伎役者が気合を入れて、花道を舞台へと出ていくときの緊張した気分です。夕方、仕事を終えて自宅に帰るときには、「お嬢吉三」と「弁慶」ののれんをくぐります。廊下を飛び六方を踏みながら帰るわけではありませんが、一日の仕事が終わり、のれんをくぐると、ほっとするから不思議です。

こののれんは歌舞伎ファンの方から「どこで買ったのか」とよく問われるのですが、「知らざぁ言って聞かせやしょう。これこそぁ我が家のオリジナル、どこにも売っちゃあおりやせんぜ」。

## 中村吉右衛門の逝去を悼む

人間国宝・中村吉右衛門（本名・波野辰次郎）さんが、令和三年（二〇二一）十一月二十八日、心不全のため七十七歳の若さで逝去していたことが、亡くなってから三日後に報道されました。

わたしの最も好きな名題「勧進帳」の弁慶を演じたら、片岡仁左衛門と双璧の名優。吉右衛門の死を夜中に知り、思わずベッドから起き上がり胸を締め付けられるような思いがしました。自分が元気なうちに、もう一度吉右衛門の「勧進帳」を観なければという思いは、最早かなわぬ夢となってしまいました。

悼二人間國寶中村吉右衛門一　麟涯　近藤俊彦

播磨屋訃識二三更一　播磨屋（はりまや）の訃（ふ）　三更（さんこう）に識（し）り

坐起愁傷無レ限情　坐起（ざき）し愁傷（しゅうしょう）す　限（かぎ）り無（な）きの情（じょう）

悼　人の死をいたみ悲しむ
播磨屋　中村吉右衛門の屋号
訃　死の知らせ
三更　真夜中

藝貌堂堂舞臺演
聲調朗朗席中呈
所爲重厚教二眸注一
口跡澄明使二耳傾一
卒爾仙遊誰得レ信
茫然徒送大河行
（下平八庚韻）

芸貌堂々　舞台に演じ
声調朗々　席中に呈す
所為重厚　眸をして注が教め
口跡澄明　耳をして傾け使む
卒爾の仙遊　誰か信ずるを得ん
茫然徒だ送る　大河の行くを

坐起　起き上がって座る
愁傷　うれいいたむ。悲しみなげく
藝貌　芸風
堂堂　立派なさま
聲調　声の調子
朗朗　声が清くすんでよく通るさま
呈　示す
所爲　所作。ふるまい
重厚　重々しく落ち着いていること
口跡　歌舞伎役者のセリフまわし
澄明　すみきって明るい
卒爾　にわかに。突然
仙遊　仙界に行く
茫然　ぼんやりしたさま
大河　大きな川

［意訳］　播磨屋の中村吉右衛門が亡くなったことを　深夜に知り
起き上がり座り込んで悼み嘆くこと　限りない
あの堂々とした容貌の　舞台での演技
朗々とした台詞まわしは　客席までよく届いた
観客の目を注がしめた　所作の重厚さ
観客の耳を傾けしめた　口跡の澄明さ
突然の逝去を　誰が信じることが出来ようか
ぼんやりと大河が流れ去るのをただ見送るのみだ

この章を書き始めたころは、コロナ禍が収束したら、久しぶりに歌舞伎座に行こうと思っていました。できたら吉右衛門の「弁慶」を観たいものだ、予定はないのか一度歌舞伎座に問い合わせてみようと思っていました。ところが、最後に吉右衛門の悼惜の詩を書くことになろうとは……。ただただ人世の無常を強く感じます。

人間国宝中村吉右衛門さん、どうぞ安らかにお眠りください。

**顔見せやそれにつけても吉右衛門**

尼崎市　田中節夫

（令和四年一月九日付「朝日新聞」朝日俳壇より）

人間国宝・中村吉右衛門。文化功労者顕彰に際して公表された肖像写真（文部科学省ホームページより）

# 我が英語と漢詩の師

my teacher of English language
& Chinese poetry

## 高校時代の恩師・森田元久先生

ここに、ご紹介します森田元久先生は、わたしが大分上野丘高校一年生時の担任の先生です。高校一、二年は英語の「文法」と「リーダー」の授業を受け、三年になって英語担当の先生が代わったので、友人と森田先生の自宅に押しかけて英文法を教えていただきました。先生のファイトあふれる熱の入った講義は、今でも記憶に新たです。わたしの英語の恩師です。

大分上野丘高校時代の恩師・森田元久先生

その「森田先生が漢詩の先生になって、大分市のコンパルホールで英語ではなく漢詩を教えている」と知ったのは五年ほど前のことです。講義は金曜日の午後。受講したかったのですが開業医の身では時間が取れず、この会には一度も顔を出さずじまいでした。

その後、先生は高齢になられたこともあり、子供さんのいる東京に引っ越されましたので、今は電話でお話を伺うだけです。

高校生のとき、森田先生が英詩の暗誦の宿題を出されたことがあります。それは、ウィリアム・ワーズワスの「水仙（The Daffodils）」と、ロバート・ブラウニングの「春の朝（Pippa's Song）」でした。

先日、ふと「このイギリスの名詩を漢詩に翻案できないか」と思いつき、森田先生に電話しました。

「先生、今度はわたしから先生へ宿題を出す番です。この英詩を漢詩にして下さい」
「英詩というのは音節数を合わせることと脚韻を踏んで詠ずるのが特徴で、そのまま朗読するのが一番だが、君がそういうのなら、『水仙』をやってみるか、君は『春の朝』をやってみなさい」
ということで、漢詩人・玄岳先生として一首詠じていただきました。まずは、その英詩です。

The Daffodils
William Wordsworth

I wondered lonely as a cloud
That floats on high o'er vales and hills.
When all at once I saw a crowd,
A host, of golden daffodils,
Beside the lake, beneath the trees,
Fluttering and dancing in the breeze.

Continuous as the stars that shine
And twinkle on the milky way,
They stretched in never –ending line
Along the margin of bay:
Ten thousand saw I at a glance
Tossing their heads in sprightly dance.
（以下略）

水　仙　　福田昇八　訳

光りかがやく雲のごと
どこどこまでも伸びゆきて
水辺に沿ってかぎりなく、
一目に見ゆる幾千本
頭も踊る軽やかに。
そばの湖面も踊れども
楽しさならば黄水仙、
かくも陽気な仲間持ち
うれしからずや詩人も、
見れども見れど思わざり
そのもたらした富の意味。（以下略）

この詩について、福田昇八先生は著書『英詩のこころ』の中で次のように解説しています。

これは、ワーズワスが一八〇二年四月十五日に湖畔を散歩したときに見た光景を二年後に思い起こして書いた作品で、英詩を代表する作品になっています。

ワーズワスは自然の姿に自分の心を見た詩人として知られます。彼の言葉に「詩は強烈な感情の自然な流露(りゅうろ)であり、詩は静けさの中で思いかえされた感動に源を発する」とあります（『抒情小曲集』序文）。何かに感動を覚えてもすぐそれを書きとどめるのではありません。胸に温めておき、いつの日かほとばしり出て、詩行となって書きとどめられるのです。

ベンジャミン・ロバート・ヘイドンによるウィリアム・ワーズワスの肖像

森田玄岳先生の漢詩版「水仙」です。

水仙　　　　　　　　　玄岳　森田元久

逍遙湖畔樹林東　　逍遥(しょうよう)す湖畔(こはん)　樹林(じゅりん)の東(ひがし)

千萬水仙飜㆓好風㆒　　千万(せんまん)の水仙(すいせん)　好風(こうふう)に翻(ひるがえ)る

恰似㆔星河燿㆓金色㆒　　恰(あたか)も星河(せいが)の金色(こんじき)に燿(かがや)く似(ごと)く

## 嬉戯整列一望中

（上平一東韻）

嬉戯整列　一望の中

さて、わたしに課せられたロバート・ブラウニングの「春の朝」です。ロバート・ブラウニングはイギリスの詩人。ロンドン郊外の裕福な家庭に生まれ、蔵書家の父と音楽家の母の薫陶を受けました。詩劇「ピッパが通る」は、彼の代表作として広く知られています。まず英詩と有名な上田敏の訳から。

Pippa' s Song
Robert Browning

The year's at the spring
And day's at the morn;
Morning's at seven ;
The hill-side's dew-pearled.

The lark's on the wing;
The snail's on the thorn;
God's in his Heaven –
All's right with the world !

春の朝　　上田敏　訳

時は春、
日は朝、
朝は七時、
片岡に露みちて、
揚雲雀なのりいで、
蝸牛枝に這い、
神、そらに知ろしめす。
すべて世は事も無し。

この上田敏の日本語訳はあまりにも有名です。この詩を漢詩にするにあたり、いろいろと構想を練ったのですが、後半部分にしました。この詩について、福田昇八先生は、次のように解説されています。

この詩は、イタリアの小さな町アソロを舞台にブラウニング（一八一二―一八八九）が書いた詩劇『ピッパが通る』（Pippa Passes, 1841）の中で、町の織物工場で働く少女ピッパが朝早く街を歩きながら歌う「ピッパの歌」です。劇の中で、街の四人の悪者がその清らかな歌声を聴いて、罪を悔い改めるという筋立てになっています。（中略）

この歌のポイントは結びの二行にあります。ここは「神様が天にいて見てくださる。だから、世は太平だ」という意味です。イタリアはカトリック教国ですから、すべては神の思し召しで、この劇の悪人たちも、ピッパの歌声でそのことに思いいたります。清らかな少女の歌声にのせて、詩の力、唄の力が発揮された歌です。

ロバート・ブラウニングの肖像

春朝

丘陵繁草露珠滋
雲雀翺翔蝸匐レ枝
神意誰知天際在
却思浮世事咸宜
（上平四支韻）

麟涯　近藤俊彦

丘陵の繁草　露珠滋く
雲雀翺翔して　蝸は枝を匐う
神意誰か知らん　天際に在るを
却って思う浮世　事は咸宜しきを

丘陵　おか
露珠　つゆ。つゆを玉に譬えていう
雲雀　ひばり
翺翔　空高く飛ぶ
匐　這う
神意　神のこころ。神の意志
天際　天の果て。そらの彼方

## 森田玄岳先生の漢詩

昭和十年（一九三五）、豊州新報（現在の大分合同新聞）が創立五十周年の記念行事として、大分県民の歌を作ることを目的に、歌詞を公募。庄武憲太郎氏が一等となり、江口夜詩氏の作曲によって「大分県行進曲」ができました。日本コロンビアから中野忠晴の歌唱によりレコード化。この曲が大変好評で日本ダンス研究会が「希望の光」と題名を変えてダンス曲に採用、全国的に広く知られるようになりました。

しかし、わたしたちの世代は、この歌を全然知りません。日本語の歌詞を読んでみると、古色蒼然とした雰囲気で昭和初期というオールドな感じですが、漢詩になると一転、歯切れのよい引き締まった感じになるから不思議です。

まずは、その歌詞を示し、玄岳先生の漢詩を紹介します。

耶馬の流れの　水清く
くじゅうの原の　空高し
南蛮船の　行き交いし
波路はいずこ　豊の海

大分縣行進曲

耶馬溪流碧水清
九重原野秀峰横
南蠻賈舶往來地
豐海茫洋一望平

（下平八庚韻）

玄岳　森田元久

耶馬の溪流　碧水清く
九重の原野　秀峰横たわる
南蛮賈舶　往来の地
豊海茫洋　一望平らかなり

ここで、玄岳先生が全国の漢詩コンクールで「秀作」となった三首を紹介します。最初の一首は、平成十九年（二〇〇七）国民文化祭での「古城秋月」、二首目は平成二十一年全国漢詩大会での「南溟古戰場」、三首目は平成二十六年諸橋轍次博士記念漢詩大会での「別府溫泉懷古」です。

古城秋月

岡餘二故壘一暮禽噪
風度二深溪一墜葉稠
碧落無レ雲照二千里一
登來明月古城秋

（下平十一尤韻）

玄岳　森田元久

岡は故塁を余して　暮禽噪ぎ
風は深渓を度りて　墜葉稠し
碧落雲無く　千里を照らし
登り来る明月　古城の秋

溪流　谷川の流れ
碧水　緑色の水。深く水をたたえた川など
南蠻　古代中国で、南方の異民族を軽蔑していう称。因みに、北の異民族は北狄（ほくてき）、東の異民族は東夷（とうい）、西の異民族は西戎（せいじゅう）
賈舶　商船。賈船
茫洋　広く果てしないさま

故壘　古いとりで。昔の城壁。古塁
暮禽　夕暮れ時の鳥。暮鳥
深溪　深い谷。深谷
墜葉　おちば。落葉
稠　おおい。こみあっている
碧落　碧空。落は広大の意
千里　非常に遠い距離をいう。千里四方。非常に広い面積。いたるところ

［意訳］岡はとりでを今でも残して野鳥がさわぎ　風は渓谷をわたって落ち葉もいちじるしい
　青空には雲もなく上り来る明月は千里の遠くまで光をさす古城の秋だ

なお、この詩は起句と承句が対句を成していますので、起句で韻を踏んでいません。これを「踏み落し」といいます。次の「南溟古戰場」も踏み落しです。

南溟古戰場　　玄岳　森田元久

白骨已成根底土
紅花空發異鄉岡
青山萬古砲聲絶
唯聽群鴉噪夕陽

（下平七陽韻）

白骨已に根底の土と成り
紅花空しく発く　異郷の岡
青山万古　砲声絶え
唯聴く群鴉の　夕陽に噪ぐを

［意訳］白骨は已に土となり　赤い花がさびしく咲いている異国の岡
　青山はずっと変わらず砲声は絶え　ただ多くの鴉が夕日を受けて噪いでいる

---

南溟　南方の大海
根底　草木の根。ねもと
靑山　青々と木の茂っているやま
萬古　永久。いつまでも
砲聲　大砲の音
群鴉　多くのからす。群烏（ぐんう）

別府溫泉懷古　　玄岳　森田元久

熠燿紅燈不夜城

熠燿紅灯　不夜の城

---

熠燿　あざやかなさま

泉樓日夕管弦聲
萬來遊客醉顏好
忽見窗前天已明
（下平八庚韻）

泉楼日夕（せんろうにっせき）　管弦（かんげん）の声（こえ）
万来（ばんらい）の遊客（ゆうかく）　酔顔（すいがん）好（よ）く
忽（たちま）ち見（み）る　窓前天已（そうぜんてんすで）に明（あ）けるを

［意訳］赤いネオンの輝く不夜城別府である。温泉ホテルは夕になると管弦の音がひびく。多くの遊客は酔顔もよく、ふと気がつくと窓前、空はすでに明けているではないか。

# 東京逍遥

## 皇居二重橋

漢詩で東京の名所を回るのは如何でしょう。ちょっと粋でいなせな江戸っ子気分になって東京逍遥です。ご案内役は、江戸っ子漢詩人、呆堂・土川泰信先生。それに田舎住まいのわたしも若かりしころを思い出しながらのご案内です。

東京駅中央口を下りてまっすぐに幸行通りを徒歩十五分、皇居前広場に出ます。広大な広場の左手に皇居二重橋があります。皇居の正面から宮殿に行く途中の濠に二つの橋が架かっており、手前の橋が「正面石橋」、奥の橋が「正面鉄橋」です。「二重橋」とは一般的にこの二つの橋の総称として使われていますが、正確には奥の方の橋をいうのだそうです。わたしは新年の一般参賀にこの橋を何度か渡ったことがありますが、二重橋を渡って皇居内に入ると厳粛な気持ちになります。

皇居二重橋

壬辰正月　　呆堂　土川泰信

衆民群集二重橋
參賀堪レ欣元日朝
去歳變災眞國難
壬辰正是四時調

（下平二蕭韻）

衆民群り集う　二重橋
参賀欣ぶに堪えたり　元日の朝
去歳の変災　真に国難
壬辰正に是れ　四時調はん

［意訳］万民が集まる　二重橋
参内してお喜びを申し上げる　元日の朝
昨年の災害は　本当に国難であった
みずのえたつの今年こそは　一年間何事もなく平和でありますように

壬辰　干支でいう「みずのえたつ」の年。ここでは平成二十四年を指す
衆民　多くの民。万民
群衆　群がり集まる
參賀　参内してお喜びを申し上げる
去歳　昨年。去年
四時　一年の四時。四季。春夏秋冬
調　ととのう

## 桜田門

幕末の安政七年（一八六〇）三月三日、江戸幕府の大老・井伊直弼が、雪の桜田門外で、水戸藩士・関鉄之助の指揮のもと、水戸藩士十七名と薩摩藩士・有村次左衛門ら総勢十八名により暗殺されました。

幕末の開国派と攘夷派との対立の間にあって強権政治を行ったことが桜田門外の変の原因です。彦根藩主としての井伊直弼に対して、地元では「開国の英断」を下した名君として今もなお讃えられています。

桜田門は、その歴史を証言するかのように端然とした姿で建っています。国の重要文化財です。

櫻田門外變

安政七年春未㆑來
櫻田門外雪皚皚
凶行一閃殺㆓元老㆒
開國維新充㆓顧哀㆒

（上平十灰韻）

呆堂　土川泰信

安政七年（あんせいしちねん）　春未だ来らず（はるいまだきたらず）
桜田門外（さくらだもんがい）　雪皚皚（ゆきがいがい）
凶行一閃（きょうこういっせん）　元老を殺む（げんろうをあやむ）
開国維新（かいこくいしん）　顧哀に充つ（こあいにみつ）

皚皚　雪の白いさま
顧哀　いつくしみあわれむ

## 有楽町

作詞　佐伯孝夫／作曲　吉田　正
唄　フランク永井

有楽町で逢いましょう

あなたを待てば雨が降る
濡れて来ぬかと気にかかる
ああビルのほとりのティールーム
雨もいとしや唄ってる　甘いブルース

外桜田門（高麗門）

内桜田門（桔梗門）

あなたとわたしの合言葉
「有楽町で逢いましょう」

こころにしみる雨の唄
駅のホームも濡れたろう
ああ小窓にけむるデパートよ
今日のシネマはロードショウかわすささやき
あなたとわたしの合言葉
「有楽町で逢いましょう」

昭和三十二年（一九五七）に大ヒットしたこの歌をご存じでしょうか。ＪＲ（当時の国鉄）有楽町駅の北側に「有楽町そごう」デパートが開店しました。そのときのコマーシャルソングとして作られた曲です。有楽町駅に隣接して建てられ大繁盛したデパートも、手狭なことと近隣のデパートが大型化するにつれ客足が遠のき、平成十二年（二〇〇〇）、ついに閉店。閉店当日にはこの歌が流れる中シャッターが下ろされたそうです。現在は、ビッグカメラ有楽町店として繁盛しています。有楽町マリオン前には「有楽町で逢いましょう」の石碑が設置されています。

「有楽町で逢いましょう」の石碑

有樂町

殷賑繁華有樂町
異邦名店數料亭
戰時荒廢君知否
現代青年再會庭

（下平九青韻）

呆堂　土川泰信

殷賑繁華　有楽町
異邦の名店　数料亭
戦時の荒廃　君知るや否や
現代の青年　再会の庭

殷賑　栄えにぎわうこと。富み栄えていること
繁華　賑わい栄える。また、にぎやか。はなやか
庭　場

## 銀座・銀座ガス灯通り

有楽町駅から有楽町マリオンを抜けるとすぐに、数寄屋橋ショッピングセンターがあります。ここには、もともと江戸城の外堀にかけられた数寄屋橋が架かっていました。菊田一夫の小説『君の名は』の舞台となったところです。小説では、主人公の真知子と春樹が運命の出会いをし、再会を約束する場所です。わたしが上京した昭和三十三年（一九五八）には、昔のままの姿でしたが、その後、埋め立てられてしまい、数寄屋橋の痕跡もありません。わずかに、数寄屋橋ショッピング

JR有楽町駅

センターの名前が残っているだけです。

現在、小さな数寄屋橋公園があり、菊田一夫の「数寄屋橋　此所にありき」と記された小さな石碑が設置されています。

ここから晴海通りをまっすぐに行くと、五分ほどで銀座四丁目に出ます。わが国第一の繁華街であり、高級店がずらりと並んでいます。我々庶民には、なかなか手の届かない高価なものが並んでおり、もっぱら銀ブラをしてウィンドーショッピングをする場のようです。

六十数年前の学生時代の銀座通りを思うと今昔の感に堪えませんが、変わらないのが和光本館ビル（服部時計店）です。いまやこの建物は銀座のランドマークとなっています。

銀座通りには明治時代にガス灯が設置され、これが街の風景に一段と風趣を添えていました。今はすべて撤去されているものと思っていましたが、銀座三丁目を有楽町側に一本入ると「銀座ガス灯通り」があることを知りました。ガス灯が数基残され点灯されています。ガス灯というと、なんとなくロマンチックな雰囲気が出ますね。

銀座のガス灯の案内銅板

数寄屋橋の石碑

## 無題　　森鷗外

行人絡繹欲レ摩レ肩
照レ路瓦斯燈萬千
驚見凄風冷雨夜
光華不レ滅月明天
（下平一先韻）

行人絡繹(こうじんらくえき)　肩(かた)を摩(ま)せんと欲(ほっ)す
路(みち)を照(て)らす瓦斯(ガス)　灯万千(ともしびばんせん)
驚(おどろ)き見(み)る凄風(せいふう)　冷雨(れいう)の夜(よる)
光華(こうか)減(げん)ぜず　月明(げつめい)の天(てん)

［意訳］通りを行き来する人々は絶え間なく　肩をすり合わせるばかり
大通りを照らし出すのはガス灯の何千何万というかがやき
私は驚きの目を見はってしまう　こんな激しい風が吹き冷たい雨が降る夜でも

---

行人　みちをいく人
絡繹　連なり続くさま。人馬の往来などの絶えず続くさま。
摩　する。こする。ふれる
凄風　すさまじい風。すごい風
光華　ひかり。輝き。美しい光

銀座ガス灯通り

ガス灯の照らす明るさは少しも劣らない　月の明るい晴れた夜空に

森鷗外（文久二～大正十一年：一八六二～一九二二）のこの詩は、かつての銀座通りを詠じたものと思っていました。今回、いろいろと調べてみますと、鷗外がドイツに留学したときの詩であることがわかりました。船旅でドイツに向かった鷗外はフランスの港町マルセイユに上陸、その夜のマルセイユを詠じたのがこの詩です。

## 歌舞伎座

銀座四丁目の交差点をさらに晴海通りを十分ほど直進すると、左手に歌舞伎座があります。現在の歌舞伎座は平成二十五年（二〇一三）に竣工したものです。豪華なアプローチやロビー、さらに前後の客席の間隔がゆったりと広くなり、より快適に歌舞伎が鑑賞できるようになりました。

呆堂先生はこの歌舞伎座を見下ろせるマンションにお住まいとか……。いつでも歌舞伎を見ることができて羨ましい限りです。

今月歌舞伎　　呆堂　土川泰信

音調竹本好連中　　音調（おんちょう）　竹本（たけもと）　好連中（こうれんじゅう）

歌舞伎座

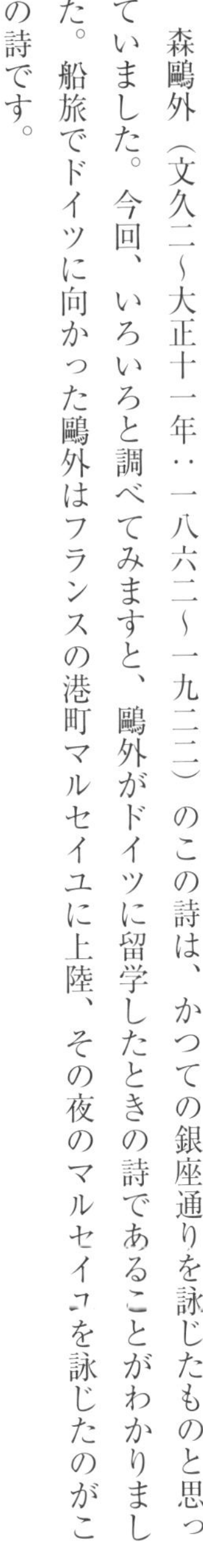

御囃一杯嚴擴充
今月芝居全價觀
人謠合體是無窮

（上平一東韻）

御囃　一杯　厳しく　拡充
今月の芝居　全て　観るに価す
人謡　合体　是れ　無窮

# 隅田川

隅田川は東京を代表する川です。「澄んだ川」から転じたといわれていますが、わたしが東京で過ごした時分はヘドロが堆積し、清流どころか濁流と悪臭のする川でした。公害が問題になったころから隅田川の浄化に着手。現在は往時の清流となっています。

隅田川は住田川、墨田川、角田川とも書き表され、須田川、染田川ともいわれ、墨水、澄江とも呼ばれています。両岸は墨堤、下流は大川端と呼ばれました。歌舞伎でお馴染みの呼称ですね。

わが国の平安時代の古典に在原業平の『伊勢物語』があります。その中の東下りの段に、武蔵国（現在の東京）の隅田川畔で読んだ有名な和歌があります。

名にし負はば　いざ言問はむ都鳥　我が思ふ人は　ありやなしやと

この和歌の名残でしょう、現在も隅田川には「言問橋」がかかり、墨田区には「業平」という地名も残っています。また、墨田区向島の名物「言問団子」が伝わっています。この隅田川を詠じた江戸時代の服部南郭の「夜下墨水（夜　墨水を下る）」は、名詩として現在も称えられています。

夜下㆓墨水㆒

金龍山畔江月浮
江揺月湧金龍流
扁舟不㆑住天如㆑水
両岸秋風下㆓二州㆒

服部南郭

金龍山畔　江月浮ぶ
江揺ぎ月湧いて　金龍流る
扁舟住まらずして　天水の如く
両岸の秋風　二州を下る

墨水　隅田川の雅名。中国風の呼び名。参考までに、お茶の水を「茗渓（めいけい）」、小石川を「礫川（れきせん）」と呼ぶ
金龍山　江戸時代、浅草の待乳山（まつちやま）の別名
月湧　川面がゆらゆらと揺れて月が湧き出ているようだの意。杜甫の「月は大江に湧いて流る」を踏まえている
扁舟　小さな舟。小舟
二州　武州（武蔵国）と総州（下総国）

現在の隅田川

［意訳］金龍山あたりの隅田川に月が浮かび
川面は月が湧き出るように揺らめき
まるで金の龍が流れているよう
小舟は止まることなく　天は水のように澄み渡り
両岸の秋風の中を　武州と総州の間を下って行く

呆堂先生が、隅田川を詠じた七言律詩です。隅田川にまつわる故事を巧みに取り入れた名詩です。

墨江

墨江濡㆑野海洋流
兩岸風光正最優
春曉櫻花煌㆓岸畔㆒
秋宵紅葉散㆓方舟㆒
往年詩客問㆓飛鳥㆒
後世舞能陳㆓母憂㆒
陋屋堪㆑欣臨㆑水建
慈㆑河嗜㆑酒恣㆓閑遊㆒

（下平十一尤韻）

呆堂　土川泰信

墨江野を濡し　海洋に流る
両岸の風光　正に最も優なり
春暁の桜花　岸畔に煌き
秋宵の紅葉　方舟に散ず
往年の詩客　飛鳥に問い
後世の舞能　母憂を陳ぶ
陋屋欣ぶに堪えたり　水に臨んで建ち
河を慈み酒を嗜み　閑遊を恣にす

往年詩客　在原業平「名にし負はば　いざ言問はむ都鳥　わが思ふ人はありやなしやと」
後世舞能　能楽「隅田川」の梅若丸の母の狂女
陋屋　狭くきたない家。自分の家の謙称

隅田川を歌った文部省唱歌に「花」という名曲があります。まずは歌詞を見ていきましょう。

花

作詞　武島羽衣／作曲　瀧廉太郎

一、春のうららの隅田川
　のぼりくだりの船人が
　櫂のしずくも花と散る
　眺めを何にたとうべき

二、（略）

三、錦おりなす長堤に
くるればのぼるおぼろ月
げに一刻も千金の
ながめを何にたとふべき

この一番の歌詞を呆堂先生が漢詩に翻訳しました。そして、わたし麟涯が三番を翻訳して、呆堂先生に唱和しました。手元の漢和辞典で「唱和」の意味を調べてみますと、「他人の詩の韻をふんで詩を作ること」とあります。

花　其一　　呆堂　土川泰信

春麗隅田川
船頭來往連
櫂涓花與散
絶景譬無レ縁
（下平一先韻）

春麗かに　隅田川
船頭　来往して連なる
櫂の涓は　花と散り
絶景　譬ふるに縁無し

隅田川

花　其三

花舞長堤路
春宵朧月天
千金當二一刻一
絶景譬無レ全
（下平一先韻）

麟涯　近藤俊彦

花は舞う　長堤の路
春宵　朧月の天
千金　一刻に当る
絶景　譬ふるに全き無し

隅田川の桜

## ［余談ですが……］新宿でのハプニング

新宿は、渋谷・池袋とともに三大副都心と呼ばれ、繁華街・歓楽街・オフィス街が密集しています。六十数年前になりますが、わたしの学生時代は、新宿駅東口から歌舞伎町にかけては賑やかでしたが、現在、東京都庁や高層のホテル群のある西口は、戦後の姿がそのまま残っていました。柏木町や淀橋浄水場のあたりは全く開発されていなく、木造二階建てのアパートの多い所で、夜は暗い場所でした。新宿駅中央口にいたっては、甲州街道通路口という感じで、一番小さな出入り口だったと記憶しています。その後、新宿駅の周辺は急速に再開発され、現在のような大副都心となりました。

当時、伊勢丹デパートの先の方に新宿二丁目といういかがわしい街があり、日本最大の「ゲイタウン」と呼ばれていました。

大学卒業後、わたしは急逝した父の跡を継ぎ、故郷である大分県津久見市で開業しました。津久見では親友のIさんがスナックバーを経営、そこに「順ちゃん」というスタイルのよい美人の男性がいました。当時のいなか町には大変珍しい存在で、津久見初のこの種のバーとあって大人気でした。わたしも何度か足を運びました。

新宿歌舞伎町一番街の入口

ある日、東京で大学の同窓会があり、二次会帰りに友人数人と問題の新宿二丁目を歩いていたら、歩道にきれいな女性が立っています。その女性がわたしを見るなり、

「あら近藤先生、お久しぶりね。お寄りしませんか」

と声をかけるのです。その女性は、まぎれもなく津久見の「順ちゃん」でした。大都会の夜の路上、しかも選りによって新宿二丁目で思ってもいない人に出会う。これほど驚いたことはありません。友人に問い質されること頻りで、大変困惑しました。

## 寄席「新宿末広亭」

落　語

伊勢丹デパートの東側の横丁を入ったところに新宿末広亭という昔ながらの寄席があります。わたしはこの寄席が好きで、どれほど通ったかわかりません。落語を中心に漫才や俗曲などの色物芸が昼夜二部制で毎日あるのです。この末広亭に通ったお蔭で落語、漫才は勿論、都々逸、新内節、小唄などの江戸情緒あふれる小粋な芸の世界が好きになりました。

寄席の落語を漢詩にした呆堂先生の一首です。

落　語　　　呆堂　土川泰信

落語和親日本人
吾邦獨自相傳銀
隱居與太演壇主
歡笑健康稱㆓庶民㆒
（上平十一真韻）

落語和み親しむ　日本人
吾が邦独自　相伝の　銀
隠居与太　演壇の主
歓笑健康　庶民を称えん

このように、純日本的なことを漢詩化するのが、呆堂先生の特技ですね。

都々逸

寄席芸の一つに都々逸があります。中年のご婦人が三味線を弾きながら、七七七五調で粋な文句を唄うのです。これがまた、なかなか洒落ていて面白いものでした。有名な都々逸をいくつか列挙しましょう。

寄席・新宿末広亭

・立てば芍薬　座れば牡丹　歩く姿は　百合の花
・恋に焦がれて　鳴く蝉よりも　鳴かぬ蛍が　身を焦がす
・あとがつくほど　つねっておくれ　あとでのろけの　種にする
・あとがつくほど　つねってみたが　色が黒くて　わかりゃせぬ
・あきらめましたよ　どう諦めた　あきらめられぬと　あきらめた
・くじも当たらず　出世もなくて　今日を生きてる　運のよさ
・君は野に咲く　あざみの花よ　見ればやさしや　よれば刺す
・こうしてこうすりゃ　こうなるものを　知りつつこうして　こうなった
・積もる話が　仰山おすえ　それに今夜は　雪どすえ
・惚れた数から　ふられた数を　引けば女房が　残るだけ

当時、粋人の名物教授として有名だったのが、辰野隆（東京大学教授）、高橋義孝（九州大学教授・名古屋大学教授）、奥野信太郎（慶應大学教授）、それに池田弥三郎（慶應大学教授）の各先生でした。随筆集を夢中になって読んだものです。中でも、池田弥三郎先生は銀座の有名な天ぷら屋「天金（てんきん）」の息子さんということで、一度は店に行きたいと思い店の前を何度かうろうろしたのですが、学生の身分では果たせませんでした。

その池田弥三郎先生が、ＮＨＫ総合テレビの「昼のプレゼント」という番組で都々逸を唄ったのです。その歌詞は「カチューシャの唄」。

カチューシャ可愛や　別れのつらさ
せめて粉雪　とけぬ間に
神に願いを　ララ　かけましょうか

（作詞　島村抱月・相馬御風／作曲　中山晋平）

七七七五におさまりませんが、七七と七五の間に「アンコ」といわれる「サワリ」を入れたのだと思います。見事な節回しにわたしはすっかり魅了され、都々逸は江戸っ子が理想とした生活理念の「粋」の極致だと思いました。

新内節

最近の寄席ではほとんど聞くことはできなくなりましたが、江戸情緒あふれる粋な唄が新内節です。男女二人組が手ぬぐいを頭にかけて、大川端の遊楽街で三味線を流しながら歩きました。「えー、お二階さんへ」と二階の泊り客に新内節の語りを聞いてもらうため呼びかけます。二丁三味線で、普通の調子の三味線とそれより調子の高い三味線（上調子）を使い、いろいろな物語を語ります。この二丁三味線の掛け合いが見事です。代表的な演目は「蘭蝶（らんちょう）」と「明烏 夢淡雪（あけがらすゆめのあわゆき）」です。一度聞いたら虜になるでしょう。

豊国『清書七伊露波　あけからす　浦里時次郎』（藤慶、安政３、国立国会図書館デジタルコレクション）

寄席でもほとんど聞くことはできなくなりましたが、新内節を語りつづけている社中は存在していますので、命あるうちにもう一度「蘭蝶」を聞きたいと思っています。

## 小　唄

寄席では、小唄も欠かせぬ芸でした。小粋な世界を唄った短い曲で、江戸情緒あふれるものです。小唄の特徴は、三味線の爪弾きにあります。爪弾きといっても爪で弾くのではなく、親指で人差し指の腹を押し、指頭の片側の肉を盛り上げて弾きます。こうした弾き方をしますと、三味線はまろやかな柔らかいなんともいえぬ音を出すのです。お座敷にもってこいの音といえます。

もう、五十数年前になりますが、別府検番華やかなりしころ、清元のお師匠さんが小唄の蓼派の重鎮でした。そのお師匠さんにお願いし津久見に来ていただき、二十名程で小唄の勉強会を十年間続けました。わたしは、都々逸、俗曲、小唄などを三十曲から四十曲くらい習いましたが、もう、ほとんど忘れてしまいました。わたしが今も覚えているのは、小唄の「梅一輪」「虫の音」「木小屋」の三曲です。

先日、ふと「木小屋」の歌詞を思い出し、これを漢詩に翻案してみました。まず、小唄の方から……。

木小屋　　　　作詞　岡野知十／作曲　吉田草紙庵

〽幾ふしの木小屋の内の　むしあつき
まだもる雨の　あとぬれて　しめるむしろを女夫ござ
ひき寄せられて　手をかりの　枕近くに　蚊のむれる
払うよしなき　うすものの　裾の模様の乱れ草

戸のすき　のぞく　お月さま

なんとも小粋な文句です。これを大胆にも漢詩にしてみたのです。濱先生から大目玉を食らうのを覚悟して……。評には「粋な小唄を漢詩に変えた珍しい作です」とあり、大目玉は食らわずに済みました。濱先生は、やはり大人（たいじん）（度量の大きい人）だと感謝しました。わたしはエロティシズムのある転句が気に入っています。この詩は、転・結・起・承の順に作りました。

木小屋　　麟涯　近藤俊彦

屋漏山家濕暑中
蚊群亂帙絶無風
裙襦少紊妖姸脚
戸鄐濡筵影却沖

（上平一東韻）

屋漏（おくろう）の山家（さんか）　湿暑（しっしょ）の中（うち）
蚊（か）は乱帙（らんちつ）に群（むら）がり　絶（た）えて風無（かぜな）し
裙襦（くんじゅすこ）少しく紊（みだ）れ　妖姸（ようけん）なる脚（きゃく）
戸鄐（こげき）濡（ぬ）れたる筵（むしろ）　影（かげ）は却（かえ）って沖（やわらか）なり

---

屋漏　家の雨漏り
山家　山中の家
濕暑　湿気が多くいて暑い
亂帙　取り散らかした帙
裙襦　はだぎ。じゅばん
妖姸　なまめかしく美しい
戸鄐　戸の隙間

## 上野

新宿から上野に向かいます。上野駅は東京の北の玄関口で、東北方面からの列車の終着駅です。昭和三十九年（一九六四）に井沢八郎が歌って大ヒットした「あゝ上野駅」という名曲があります。戦後の高度成長期の時代、「金の卵」といわれた東北地方からの集団就職の少年たちを歌った曲です。いわゆる心の応援歌として、故郷を離れた少年少女の心を支えた歌だといえましょう。

この歌の歌碑が平成十五年（二〇〇三）、上野駅に建立されました。C62形蒸気機関車と上野駅におり立ち荷物を持って歩く学生服姿の若者たちが描かれたレリーフ板と歌詞の銘板からできています。わが国の発展を大きく支えた集団就職世代は、その後、団塊の世代と呼ばれ、今では「後期高齢者」などと蔑称ではないかとさえ思われる呼称で、社会のお荷物扱いです。この世代に敬意を表して歌詞を掲載します。

あゝ上野駅

作詞　関口義明／作曲　新井英一
唄　井沢八郎

どこかに故郷の香りをのせて
入る列車のなつかしさ
上野は俺(おい)らの心の駅だ
くじけちゃならない人生が
あの日ここから始まった

就職列車に揺られて着いた
遠いあの夜を思い出す
上野は俺らの心の駅だ

配達帰りの自転車を
とめて聞いてる国なまり

ホームの時計を見つめていたら
母の笑顔になってきた
上野は俺らの心の駅だ
お店の仕事は辛いけど
胸にゃでっかい夢がある

## 不忍池

この上野駅に隣接して上野公園（上野恩賜公園）があります。不忍池は、この上野公園の西側にある天然の池です。中央に弁財天を祀る弁天島があり、池は遊歩のための堤で三つの部分に分かれています。ハスの密生している蓮池、ボートで遊べるボート池、カワウの繁殖している鵜の池です。弁天島に建つ石碑によれば、「不忍池」の名は、かつて上野台地と本郷台地（向ヶ岡）の間の地名が、忍が岡と呼ばれていたことに由来するということ

「あゝ上野駅」の歌碑


上野駅

です。

寛永二年（一六二五）、江戸幕府は西の比叡山延暦寺に対応させ、この地に寛永寺を建立。その開祖慈眼大師・天海は、不忍池を琵琶湖に見立てて、竹生島になぞらえ弁天島（中之島）を築かせ、そこに弁天堂を作りました。当時の弁天島は舟で渡る島でしたが、寛文年間に弁天島から東に向かって石橋がかけられました。

不忍池は、江戸時代から現在まで、都の中心にあって庶民の憩いの場となっています。

不忍池の弁天島

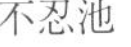

不忍池

さて、その不忍池を詠じた呆堂先生の詩を紹介しましょう。この詩は、故事を踏まえて作られた黄遵憲の詩に、さらに呆堂先生が故事を踏まえて唱和した内容の濃い詩です。意訳は作者の呆堂先生にお願いしましたが、先生が体調を崩されていて、わたし如きものに任せるとのお言葉を頂戴しましたので、敢えて挑戦してみました。

黄遵憲（一八四八～一九〇五）は、清朝末期の外交官。字は公度。外交官として明治維新後に来日。日本の維新の改革、近代化、資本主義への転換などを体験。また、中国古代文化を日本に紹介するなど、近代日中の文化交流に大きな役割を果たした人物です。まず、黄遵憲の詩から。

不忍池晩遊　黄遵憲

山色湖光一例奇　山色湖光　一例奇なり
莫下将二西子一笑中東施上　西子を将て東施を笑う莫れ
即今隔レ海同二明月一　即今海を隔てて　明月を同じうす
我亦高吟三笠辞　我も亦高吟せん　三笠の辞

（上平四支韻）

不忍池と柳

山色　山の色。山のけしき

湖光　湖の輝き。ここでは不忍の池をいう

一例　一様に

奇　すぐれている

西子　西施のこと。春秋時代、越の美女。越王句践は会稽の敗戦のとき、西子を呉王夫差に献じ、心を惑わし、その隙に復讐したという。ここでは西湖をさす。その理由については蘇軾の詩で後述する

即今　ただいま。目下

隔海　海を隔てて

明月　晴れた夜の月。満月

高吟　高らかに声を出してうたう

三笠辭　安倍仲麻呂（晁衡）作の「天の原　ふりさけみれば春日なる三笠の山にいでし月かも」。仲麻呂自身の漢詩訳は「翹首望東天　神馳奈良邊　三笠山頂上　思又皓月圓」（「日本の詩を漢詩へ」の項参照）

［意訳］山の景色や水面の輝きは　一様に素晴らしい
西施ゆかりの西湖をもって　この不忍の池を笑わないでもらいたい
丁度今は海を隔てて　中国と日本は明月を同じくしている
自分もまた高らかに　三笠の詩をうたおう

この黄遵憲の詩は、北宋の詩人蘇軾（そしょく）の「湖上に飲み初めは晴れ後に雨ふる二首　其の二」を踏まえて作られたものです。蘇軾（一〇三六〜一一〇一）は北宋の文豪。字（あざな）は子瞻（しせん）。号は東坡居士（とうばこじ）。まず、その蘇軾の詩を鑑賞しましょう。

世界遺産・中国杭州西湖

飲二湖上一初晴後雨

水光瀲灩晴方好

山色空濛雨亦奇

欲下把二西湖一比中西子上

淡粧濃抹總相宜

蘇　軾

水光瀲灩　晴れて方に好し

山色空濛として　雨も亦奇なり

西湖を把って西子に比せんと欲すれば

淡粧濃抹　總べて相宜し

［意訳］さざ波に揺れる水面が月や日の光をきらきら映じ
西湖の景色は晴れた日にこそよい
そぼ降る小雨に山々がぼんやりとかすみ
雨の西湖もまた素晴らしい
西湖を西施に比べると
薄化粧も厚化粧もすべてよく似合う

さて、以上のことを踏まえて、われらが呆堂先生の作られた詩を読んでみましょう。呆堂先生の心意気というものを感じます。

蘇軾（そしょく）

瀲灩　水面が月や日の光に映じてきらめくさま

空濛　小雨が降ったり、靄がたちこめたりして、薄暗いさま

西子　西施。春秋時代、越の美女の呉王夫差の愛妃。古代中国における美人の代表。「西施と范蠡」については、後に補足解説する

濃沫　おしろいを濃く塗る。

厚化粧

不忍池朝遊　　呆堂　土川泰信

旭日櫻花不レ忍池
莫下將二公度一笑中鈴師上
卽今隔レ世同二文典一
我亦高吟敷島辭
（上平四支韻）

旭日桜花（きょくじつおうか）　忍（しの）ばずの池（いけ）
公度（こうど）を将（もっ）て鈴師（れいし）を笑（わら）う勿（なか）れ
即今（そくこん）世（よ）を隔（へだ）てて　文典（ぶんてん）を同（おな）じうす
我（わ）も亦高吟（またこうぎん）せん　敷島（しきしま）の辞（じ）

不忍池と満開の桜

公度　黄遵憲の字（あざな）。清末の外交官・詩人。嘉応（広東省内）の人。維新後の日本に滞在。著書に『日本雑事誌』『人境盧詩章』『日本国志』などがある
鈴師　本居宣長（享保十五～享和一年：一七三〇～一八〇一）
卽今　ただ今。目下
文典　文法を解説した本。典故となった本
敷島辭　本居宣長のうたった和歌。「しき島の　やまとごゝろを　人とはゞ　朝日にゝほふ　山ざくら花」

［意訳］　朝日に映えて桜の花の素晴らしい　不忍の池
黄遵憲の詩をもって我が国の宣長の歌を笑わないでもらいたい
今は遠く世を隔てているが典故を同じくして詠じているのだ
わたしもこの宣長の詩を高らかに歌おう

## ［余談ですが……］西施と范蠡

西施は、苧蘿村（浙江省諸暨）の出身で、越が呉を亡ぼすのに重要な役割を果たした絶世の美女です。越王句践は、会稽の恥をすすぐための一策として、彼女を呉王夫差のもとに送りこみ、政治を怠らせようと図りました。句践の目論見どおり夫差に気に入られた彼女はさまざまな難事を要求して呉の国力を疲弊させます。やがて越が呉を亡ぼすと、役目を終えた彼女は、范蠡と共に舟にのって五湖へ出て行方知れずになったといいます。

彼女の名は『荘子』など戦国時代の書物にも見えますが、民間伝説の中でも盛んに語り伝えられ、殊に、浙江省の浣紗溪は、彼女がそこで絹を洗ったという話で有名で、後世の詩にもしばしばうたわれています。

范蠡は、句践の忠臣としてはたらき、二十年の忍苦ののち呉を撃破し、会稽の恥をすすぎましたが、その直後に句践のもとを去りました。彼は、越に残っている大夫の文種に次のような手紙を送っています。

――鳥がいなくなれば弓はしまわれて、兔が死ねば猟犬は煮て食べられる。用の済んだ者の運命はそのようなものだ。君も用済みの身なのになぜ句践のもとを去らないのか。

湯島聖堂正門

湯島聖堂大成殿

范蠡は舟で斉（せい）（山東省）に移り、名を「鴟夷子皮（しいしひ）」と称して、数十万の富を蓄えて斉の宰相となりましたが、「長い間尊い名声を受けているのはかえって不吉だ」といって財産を全部他人に譲ってしまいます。そして陶（山東省陶県）に移り、再び名を改めて「陶朱公」と称し、巨万の富を蓄えますが、今度もやはりすべてを貧者に分け与えてしまったといいます。

因みに、「天、句践を空しゅうすること莫れ、時に范蠡なきにしもあらず

天莫レ空二句践一　時非レ無二范蠡一」

と、よくいわれますが、これは、「天は句践を見放すようなことはしない。必ず范蠡のような忠臣が現れて助けてくれる」という意で、日本の南北朝時代、児島高徳（たかのり）が捕らわれの身の後醍醐天皇に自分の志を示すために、桜の幹の樹皮をはぎ、この文言を記したという故事によります。

## 湯島聖堂

漢詩を味わいながらの散策もいよいよ大詰めです。ＪＲ御茶ノ水駅で下車して、湯島の聖堂を訪ねましょう。東京医科歯科大学の大山喬史（おおやまたかし）元学長に寄稿していただいた「論語との縁」（後出）の箇所に詳述されていますが、湯島聖堂は、通りを挟んでわたしの母校・東京医科歯科大学と隣接しています。学生時代には何度か散歩に廟内を歩きましたが、東京という喧

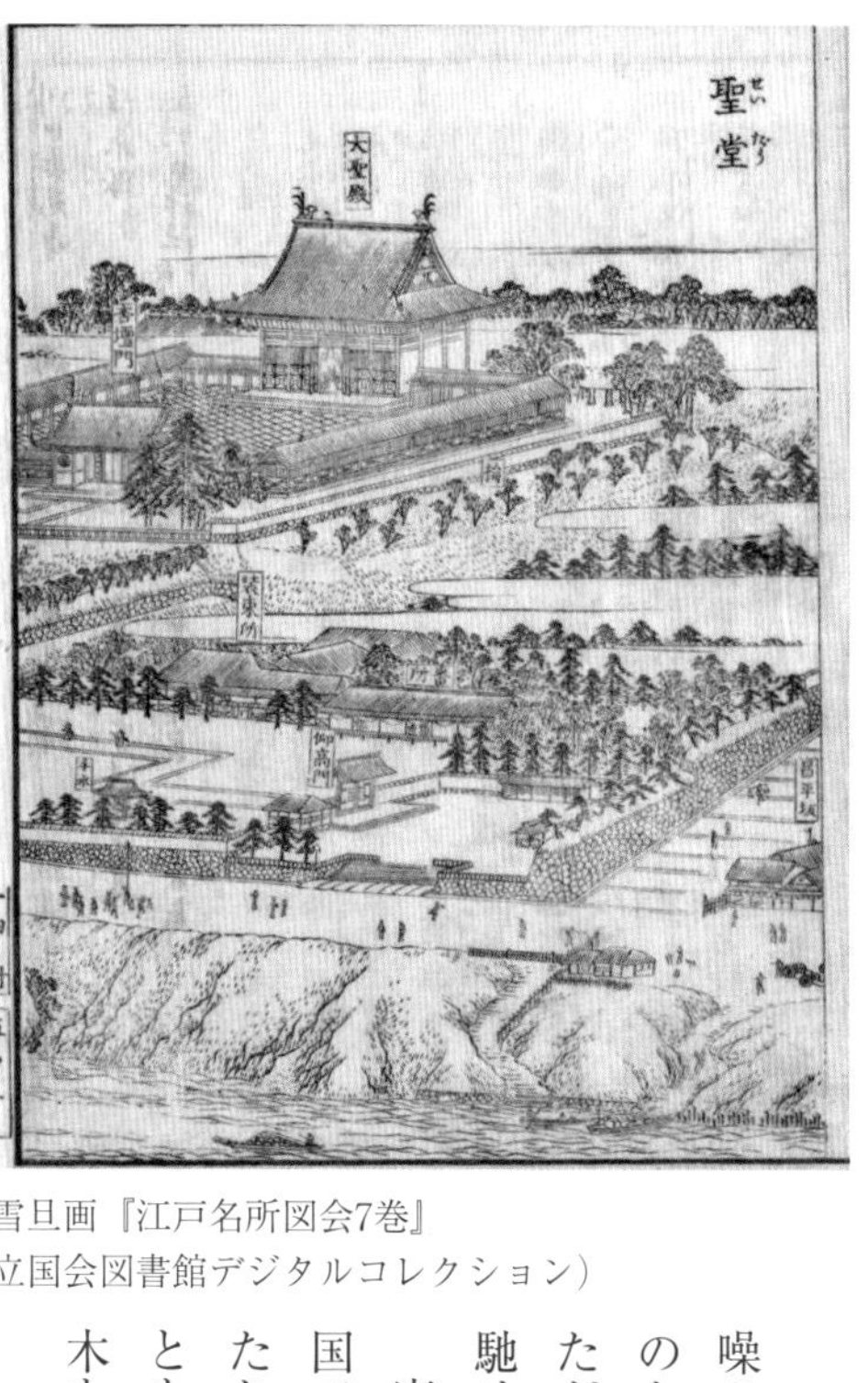

松濤軒斎藤長秋著、長谷川雪旦画『江戸名所図会7巻』
（須原屋茂兵衛ほか、天保5-7年、国立国会図書館デジタルコレクション）

噪の大都会のど真ん中に、かくも静寂な場所があったのかと驚きました。今回、六十年ぶりに訪ねてみましたが、厳粛な雰囲気は変わらず、しばし往時に想いを馳せ、感慨に耽ったことでした。

廟内には「楷（かい）」という巨木が植えられています。中国では楷の木は科挙の試験の合格祈願木であり、文人たちが自宅の庭に好んで植えたことで、「学問の木」とも言われています。廟内に設置された案内板で楷の木を紹介しましょう。

楷樹の由来

楷　かい　学名とねりばはぜのき　うるし科

PISTACIA CHINENSIS BUNGE

楷は曲阜（きょくふ）にある孔子の墓所に植えられている銘木で初め子貢（しこう）が植えたと伝えられ　今日まで植えつがれてきている　枝や葉が整然としているので　書道でいう楷書の語源ともなったといわれている
わが国に渡来したのは大正四年　林学博士　白澤保

美氏が曲阜から種子を持ち帰り東京目黒の農商務省林業試験場で苗に仕立てたのが最初である　これらの苗は当聖廟をはじめ儒学に関係深いところに頒ち植えられた　その後も数氏が苗を持ち帰って苗を作ったが性来雄雌異株であるうえ　花が咲くまでに三十年位かかったため　わが国で種子を得ることはできなかったが　幸いにして数年前から二三箇所で結実を見るに至ったので　今後は次第に孫苗がふえてゆくと思われる

中国では殆んど全土に生育し　黄連木黄連茶その他の別名も多く　秋の黄葉が美しいという台湾では燗心木と呼ばれている　牧野富太郎博士はこれに孔子木と命名された

孔子と楷とは離すことのできないものとなっているが　特に当廟にあるものは曲阜の樹の正子に当る聖木であることをここに記して世に伝える

湯島聖堂の孔子像

湯島聖堂の楷樹

昭和四十四年己酉秋日　矢野一郎　文

平成二十年戊子秋月　松川玉堂　書

（ふりがなは引用者）

わたしが数十年ぶりに聖堂を訪れたときは、まだ芽吹いてなく枯れ木のように見えましたが、これから芽吹くのでしょう。ここに高々と育っている木が楷の木であったのかと、改めて、その太い幹を撫でたことでした。

尋二湯島聖堂一　麟涯　近藤俊彦

楷樹亭亭聖廟深
春風嫋嫋拂二憂心一
仰二看尊像一慕二遺徳一
想起當年絃誦音

（下平十二侵韻）

楷樹亭々として　聖廟深く
春風嫋々として　憂心を払う
尊像を仰ぎ看て　遺徳を慕い
想起す当年　絃誦の音

［意訳］楷の木は高くそびえ　聖廟はその奥深くにある
木々は春風にそよぎ　わが憂える心を吹き払ってくれる
孔子の尊い像を仰ぎみて　その遺徳を慕い
当時を思うと　弦楽器の音と歌声が聞こえるようだ

---

楷樹　楷の木
亭亭　高くそびえ立つさま
聖廟　孔子を祀った廟
嫋嫋　風にそよぐようす
憂心　うれうる心
尊像　孔子の像
遺徳　残された徳
想起　思い起す
當年　このごろ。当時
絃誦　音楽と歌

## 蘇った将軍献上の「お茶の水」

畏友大山喬史君が、東京医科歯科大学の十代目の学長に就任したのは平成二十年（二〇〇八）です。歯学部出身で学長となるのは二人目であり、数々の業績を残しました。中でも特筆ものは、湯島の高台に屹然と聳え立つ二十八階建てのM&Dタワーを竣工にこぎつけたことでしょう。この建物は、わが国の国立大学の建物の中で最も高い建物だということです。最上階の二十八階から眺望すると、関東平野が遥かに見渡され、また東京の街を見下ろすと、各盛り場のビル群が盛り上がって見えます。さらに、眼下には皇居の全景が見えて、たいへん畏れ多いことだと感じました。

聖橋より見た東京医科歯科大学

この工事中に地下の大水脈を発見。徳川将軍献上の名水「お茶の水」であることも判明しました。わたしは、早速、大山学長にお願いしてこの名水を送っていただき、一保堂茶舗の茶名「幾世の昔」で抹茶を点て一服頂戴しました。「お茶の水」と「幾世の昔」の取り合わせにも凝ってみたのです。このお茶の旨かったことは言うまでもありません。

今回、「母校M&D塔の竣工に寄す」と題す漢詩を一首作りました。これを機に「お茶の水」由来記を大山元学長に寄稿していただきました。

## 論語との縁

東京医科歯科大学元学長　大山喬史

寛永七年（一六三〇）、林羅山が徳川家康から与えられた上野忍ヶ丘に、儒学の私塾、孔子廟を開設しました。その後、元禄三年（一六九〇）、徳川第五代将軍綱吉の命により、湯島に聖堂を建立し、ここに忍ヶ丘の孔子廟を移すことになりました。

これが昌平坂学問所、昌平黌の始まりです。明治四年（一八七一）、この湯島の聖堂の境内に文部省と国立博物館が、明治五年、東京師範学校（現・筑波大学）、同七年、東京女子師範学校（現・お茶の水女子大学）が創立されました。その後、文部省は霞ヶ関に、国立博物館は上野に移転しました。大正十二年（一九二三）の関東大震災で校舎を焼失したことや、昭和三年（一九二八）、東京女子高等師範学校の敷地の一部を間借りしていた私の母校である東京医科歯科大学の前身、東京高等歯科医学校のこの地での拡張計画もあって、東京高等師範学校、東京女子師範学校は文京区大塚に移転しました。儒学の拠点、湯島の聖堂が本学、発祥の地と成りました。

思うに、東京医科歯科大学の現在地での存立は「一樹の陰、一河の流れも他生の縁」（たまたま同じ樹の陰に宿り、同じ流れの水を汲むのも前世からの因縁）を感じさせます。確かに、大学は大きな樹々の下にあります。しかも私の学長時代に、東京都下の地下水が増えすぎたことから、在来の井戸を使って下さいと都から広報がありました。そこで学生時代にいくつかの井戸があったことを思い出し調べてみたところ、幸運にも一か所だけ井戸が残っていることが分かりました。早速、飲料水、医療用水としてどんなものかと調査したところ、素晴らしい「お茶の水」ということが分かりました。そこで、浄化装置に一億円余の資金をつぎ込み、大学の医学部付属病院、歯学部付属病院で医療用水として使わせていただき、水道代の七割の大きな節約ができました。正に、東京医科歯科大学にとって、孔子廟、湯島の聖堂とは、「一樹の陰、一河の流れも他生の縁」、切っても切れない縁があったのだと深い感慨を覚えます。

ここで、「お茶の水」について、その地名を説明しておきます。

古くは、今の御茶ノ水駅を挟んで、北側の本郷台と南側の駿河台が一続きで「神田山」と呼ばれていました。徳川二代将軍・秀忠（天正七～寛永九年：一五七九～一六三二）の時代に水害防止のために神田放水路、そして江戸城の外堀を兼ねて東西方面に掘割が作られ、現在のような渓谷風の地形が出来上がりました。

東京医科歯科大学M&D Tower（畏友西野一紘君撮影）

この神田山の麓に禅寺である高林寺があり、その寺の庭からよい湧水がでたといいます。たまたま、秀忠が鷹狩の帰途、高林寺に寄られた折、その湧き水でお茶を献上したところ、「大変良い水である」とお褒めの言葉をいただいたそうです。

それが切っ掛けで毎日この水を献上するようになり、このお寺を「お茶の水高林寺」、この周辺は「お茶の水」と言われるようになったそうです。確かに、その「お茶の水」を汲んでいるのが、今の東京医科歯科大学です。その節約のお蔭で学内保育園「わくわく保育園」、「スポーツセンター」を立ち上げることができました。

寄二母校M&D塔竣工一

摩天樓閣奪二天工一
泉脈潭深學舍中
是祇獻上御茶水
茗飲三甌醫藥功

（上平一東韻）

麟涯　近藤俊彦

摩天の楼閣　天工を奪い
泉脈潭深　学舎の中
是れ祇に献上の　御茶の水
茗飲三甌　医薬の功

［意訳］天に届くほどの高層ビルは　自然の技を奪うほどの凄さ
工事中の学内で地下水を深く蓄えている水路にあたった
これはまさに将軍家に献上したお茶の水だ
この水でお茶を三椀飲むと　医薬の効き目がある程だ

---

摩天　天に届くほどの
樓閣　高層な建物
天工　自然の技
泉脈　地下水の通路
潭深　水が深いこと
學舎　学校
獻上　差し上げること。ここでは徳川将軍に差し上げること
茗飲　お茶を飲む
三甌　三椀

さて、漢詩で回った東京散歩も、ここわたしの母校に到達したところでお終いです。近代都市・東京にはまだまだ歴史の重さを感じさせる所が至るところに残っています。

## ［余談ですが……］わが母校

本書の脱稿直前、ＮＨＫのテレビニュースを見て驚きました。それは「令和六年（二〇二四）に東京医科歯科大学と東京工業大学とが対等合併し、新大学名は『東京科学大学』となる。国は『国際卓越研究大学』として、世界トップレベルの研究力を目指す大学とする構想である」という内容でした。

母校の名前が消えることは寂しい限りですが、将来、世界のサイエンスを牽引していく大学となることをＯＢとして祈念するところです。

文部科学省は、わが国の底流にある明治時代に作られた旧帝国大学を中心にした大学教育のあり方を、大きく変えようとしています。その好例として、国立大学の中から特別に支援する「指定国立大学法人」として十大学を指定し発表しました。それは、東北大学・東京大学・京都大学・東京工業大学・名古屋大学・大阪大学・一橋大学・筑波大学・東京医科歯科大学・九州大学です。その中の東京医科歯科大学と東京工業大学が合併するというわけですから大変なことです。

東京医科歯科大学では、世界屈指のヘルスケア・サイエンス拠点の形成を目指す医学と口腔科学を融合した研究や、医歯学分野のデータをビジネスへ応用することに取り組む大学とすることを宣言しています。

以前から、母校の東京医科歯科大学が国際的に活躍していることは仄聞（そくぶん）していました。特に、大山喬史学長時代は「世界の発展途上国の医療にいち早く手を差し伸べていた」ことを思い出し、早速電話を入れ、当時のことについての一文を寄せていただきました。以下、謹んで掲載させていただきます。

# あの頃の思い出

東京医科歯科大学元学長　大山喬史

東京医科歯科大学が教育、研究、医療面での国際戦略を議論していた２００８年、チリ国のサンティアゴにあるクリニカ・ラス・コンデス病院から大腸がん早期発見、治療、予防に関わる人材養成の支援要請がありました。数年前までは、ＪＩＣＡの支援で、本学が中南米の若手医師の研修を行っていましたが、その後チリ国は経済国として発展したことで、そのプロジェクトは終了してしまいました。

ところが、そのプロジェクトを再開して欲しいとチリ国から直接本学に要請が来ました。通常は、こうした事業を展開するには、大学としても、国から或いは企業からの外部資金を獲得してからのプロジェクト開始となりますが、事業内容と負担経費、そのスタッフの派遣等を全学的に検討協議したところ、自前で引き受けてみようということになり、先方の協力も得て研究拠点を立ち上げることが出来ました。

研究拠点には、研究者三名を派遣し、医学部学生数名の三～四ヵ月の海外研修カリキュラムも取り込みました。チリ大学との研究連携も強化され、サンティアゴを拠点としてパラグアイ、エクアドル、ウルグアイ、ブラジルと、それぞれの国の政府も参画しての医療連携に進展しました。

ここに到ったのも、自前でも国際貢献すべきと、教職員の驚くほどの熱意が後押しとなって、全学的な理解、協力が得られ、決断断行出来たからで、その後の事績を踏まえて、政府系資金の獲得にも漕ぎ着け大学院コースの立ち上げ、更なる国際戦略の展開に繋げました。

この構想は、現地での生産人口の喪失、医療費の増大化の抑制を目指した疾病の予防、治療、研究の推進、技術移転とその領域における中南米諸国を対象にしたトップ・リーダーの養成を目指した大学院コースでした。

２０１７年チリ国にこれらの業績が評価され、不肖大山喬史に対してベルナルド・オヒギンス勲章が授与されました。これは、チリ国が功績を残した外国人に対する最高の勲章といわれているもので、大変光栄なことと思っています。

ほぼ同じ頃、アフリカ、ガーナにある野口英世医学記念研究所に日本の研究グループがないと聞き、これには驚きました。実は野口英世と言えば、小学校時代から私の尊敬する偉人でした。早速、野口英世医学記念研究所、ガーナ大学、日本外務省とも協議したところ、感染症、創薬領域での協力要望があり、外務省アフリカ担当官と共に、飛んで行きました。即座に連携協定を締結、大きな期待を背負って研究室の開設に漕ぎ着けました。また本学学生にとっても魅力ある海外研修先の一つとなりました。これも学内の先生方の「炎とも思える熱意」を絆とし、実現した事業でした。

ベルナルド・オヒギンス勲章を手に大山喬史元学長（平成30年7月7日の同窓会、東京ステーションホテルにて）

東南アジアからもかなりの大学院生が留学して来ておりましたも発展的に大学院コースを立ち上げました。そこで、タイのチュラロンコーン大学にチリ、ガーナにも学部学生を研修派遣しており、既に、数か月とはいえ、海外での東京医科歯科大学の研究者、あるいはチュラロンコーン大学、チリ大学、ガーナ大学の研究者の下、それぞれの国の異文化に触れながら、研究研修が出来るようになりました。そうした学生の国際貢献へのモチベーションは年々高くなり、帰国後の報告会に於いても、同級生、下級生にとって、いい刺激になったようです。

勿論、こうした国際連携が成就したのは、現地の優秀なスタッフとの積極的な協働があったからですが、本学の研究者の日頃からの先方とのお付き合い、相互理解あっての実現かと思います。国際貢献の事業ですから、そう簡単には成果を見ることは出来ませんが、今後それぞれの国、人材養成にどれほど貢献出来るかが問われることになります。

「やりたい、やろう」と思った時、「やれた」ということは、何と幸せなことか。これも仲間から、もたらされた成果でした。

## 「指定国立大学法人」と「国際卓越研究大学」

一〇七ページで説明しました「指定国立大学法人」と「国際卓越研究大学制度」とは、別のものです。後者の概要について文部科学省は次のように説明しています。

近年、諸外国のトップレベルの研究大学が豊富な資金を背景として研究力を高めているのに対して、我が国の大学は研究論文の質・量ともに低調な傾向にあります。その要因の一つとして、諸外国の大学では公的な財政支援や民間企業等との連携、寄附、資産運用など、多様な財源をもとに研究環境を充実させるとともに世界トップクラスの研究人材を招聘し、そうした環境が更に新たな研究人材や民間団体からの投資、寄附を呼び込むといった知的価値創造の好循環が形成されていることが挙げられます。

我が国においても、大学の機能拡張を推進する中で、大学が国際的な切磋琢磨を通じて研究力を向上させるという緊張感を持ち、世界トップクラスの研究者の獲得はもとより、次代を担う自立した若手研究者を育成し、活躍できるようにするための大胆な資源配分、研究時間を十分に確保するための研究者の負担軽減、大学の有する知的資源の価値化等に取り組んでいくことが求められています。

このため、国際的に卓越した研究の展開及び経済社会に変化をもたらす研究成果の活用が相当見込まれる大学を国際卓越研究大学として認定し、当該大学が作成する国際卓越研究大学研究等体制強化計画に対して、大学ファンドによる助成を実施します。

この趣旨に対して応募した大学は、東北大・東京大・筑波大・東京科学大（東京医科歯科大＋東京工業大）・名古屋大・京都大・大阪大・九州大・早稲田大・東京理科大の十校です。

令和五年（二〇二三）四月、第一号に選ばれたのは東北大学です。政府は十兆円規模のファンドを作り、その運用益を使って、認定した数校の大学を支援することになります。政府の計画では、約三〜四％の運用益を目指し、令和六年度から年間三百億円を上限に国際卓越研究大学に配分し、配分期間は最長で二十五年間といいます。

今回、選にもれた東大・京大・東京科学大について文部科学省のコメントは次の通りです。

**東大**　既存組織の変革に向けたスケール感やスピード感については、必ずしも十分ではなく、工程の具体化と学内調整の加速・具体化が求められる。

**京大**　新たな体制の責任と権限の所存の明確化が必要。実社会の変化への対応の必要が感じられた。

**東京科学大**　東医歯大と東工大の統合に併せた変革を「意欲的な構想」とした上で、英語の公用語化などへの強い意欲を高評価しながらも、「現実的で計画の具体化が不十分」としながら「求められる姿に適合し得ると考えられ、実効性ある計画の具体化を期待したい」と言及しています。

東京医科歯科大学のＯＢとしては、大いに期待するところです。

# 女流漢詩人・髙島蘭泉さん

# 三涯師の弟子を思う心

佐賀県鳥栖市在住の女流漢詩人に髙島美津子さんという方がいらっしゃいます。この方は濱先生の門下生で雅号は「蘭泉」。濱先生の紹介で漢詩の友人となりました。驚いたことに、髙島さんは大分上野丘高校の出身で、わたしの後輩に当たる方でした。篆書・隷書を好んで書く書道家でもあります。

この度、発刊された濱先生の『三涯漢詩集』（明徳出版）の中で濱先生は次のように記しています。

髙島美津子女史者、入於日本文化中心漢詩教育學會。受余于漢詩雌黄、有年于茲。有傑作足稱者。後年近藤齒科醫師、亦入於同會、受余于漢詩雌黄、從當初、有秀作之可瞠目者焉。後日、不圖得知兩者爲大分縣同一高校出身者矣。不可不謂奇遇也。因賦一詩、而期待今後精進。

髙島美津子女史は、日本文化センター漢詩教育学会に入り、余に漢詩の雌黄（添削）を受け、茲に年あり、傑作の称するに足る者有り。後年、近藤歯科医師も亦た同会に入り、余に漢詩の雌黄を受け、当初より秀作の瞠目すべき者あり。後日、図らざりき両者は大分県の同一高校出身者為るを知るを得んとは、奇遇と謂わざるべからず。因りて一詩を賦して、今後の精進を期待す。

喜二漢詩受講者奇遇一　三涯　濱久雄

後輩奇縁同縣人
雌黄堪レ喜共超レ倫
浮生邂逅眞如レ夢
功徳何圖及二我身一
（上平十一真韻）

後輩の奇縁　同県の人
雌黄喜ぶに堪えたり　共に倫を超ゆ
浮生の邂逅　真に夢の如し
功徳何ぞ図らん我が身に及ばんとは

髙島さんに「どうして漢詩を作ろうと思うようになったのか」お聞きしました。

一つは、ある日、炊事中にNHKラジオの「漢詩への誘い」という番組の中で「春暁（孟浩然）」の朗読を中国語で聞いて大いに感動し、「自分も漢詩を作ってみたい」と強く思ったこと。

二つ目は、書作品を制作するとき、他人の漢詩の無断使用は著作権の侵害になることを知り、漢詩の作り方を学んで自作の漢詩で書作品を作ろうと思ったこと。

それで漢詩作りを学ぶようになったといいます。以後、各書道展には努めて自作の漢詩や古典で応募、まさに「詩書合一」の世界を構築したのです。この多年にわたる精進に対して、令和元年（二〇一九）、鳥栖市文化連盟会長より「第三十八回鳥栖市文化連盟芸術文化賞」が授与されました。

素晴らしい話ですね。この髙島さんに、濱先生から送られたお祝いの詩です。

賀二高島女史受賞一

苦節多年詩與レ書
夙修二李杜一意常舒
更窮二篆隷一逼二師法一
壇上表彰榮譽初

（上平六魚韻）

三涯　濱久雄

苦節　多年　詩と書と
夙に李杜を修めて　意常に舒ぶ
更に篆隷を窮めて　師法に逼る
壇上の表彰は　栄誉の初め

濱先生に指導を受けて、髙島さんは「三涯先生は、まさに学問の神様・菅原道真公のような方だ」と感じ、「天神様」と崇めるようにしたそうです。このことについて濱先生は次のように記しています。

高島女史尊吾爲天神。不敢當。有穴則欲入。當惑賦一詩。

（高島女史、吾を尊びて天神と為す。敢えて当たらず。穴有らば、則ち入らんと欲す。当惑して一詩を賦す）

當惑詩

稱二豫天神一奇拔窮
何圖酒料過分豐

三涯　濱久雄

予を天神と称す　奇抜窮まれり
何ぞ図らん　酒料も過分に豊なり

菅公碩學豈當得
有レ穴將レ求九秩翁

（上平一東韻）

菅公の碩学　豈に当たり得んや
穴有らば　将に求めんとす　九秩翁

## 髙島筍碩さんの書

師弟の漢詩を通じた交流は、三涯先生の弟子への温かい愛情を感じます。こうしたエピソードの持ち主、蘭泉さんの書と詩をご紹介します。

書の方は、東洋書芸院（朝比奈玄甫会長）同人。書研社師範。自照会所属。雅号は筍碩。まず、書作品から。解説は髙島筍碩さんです。

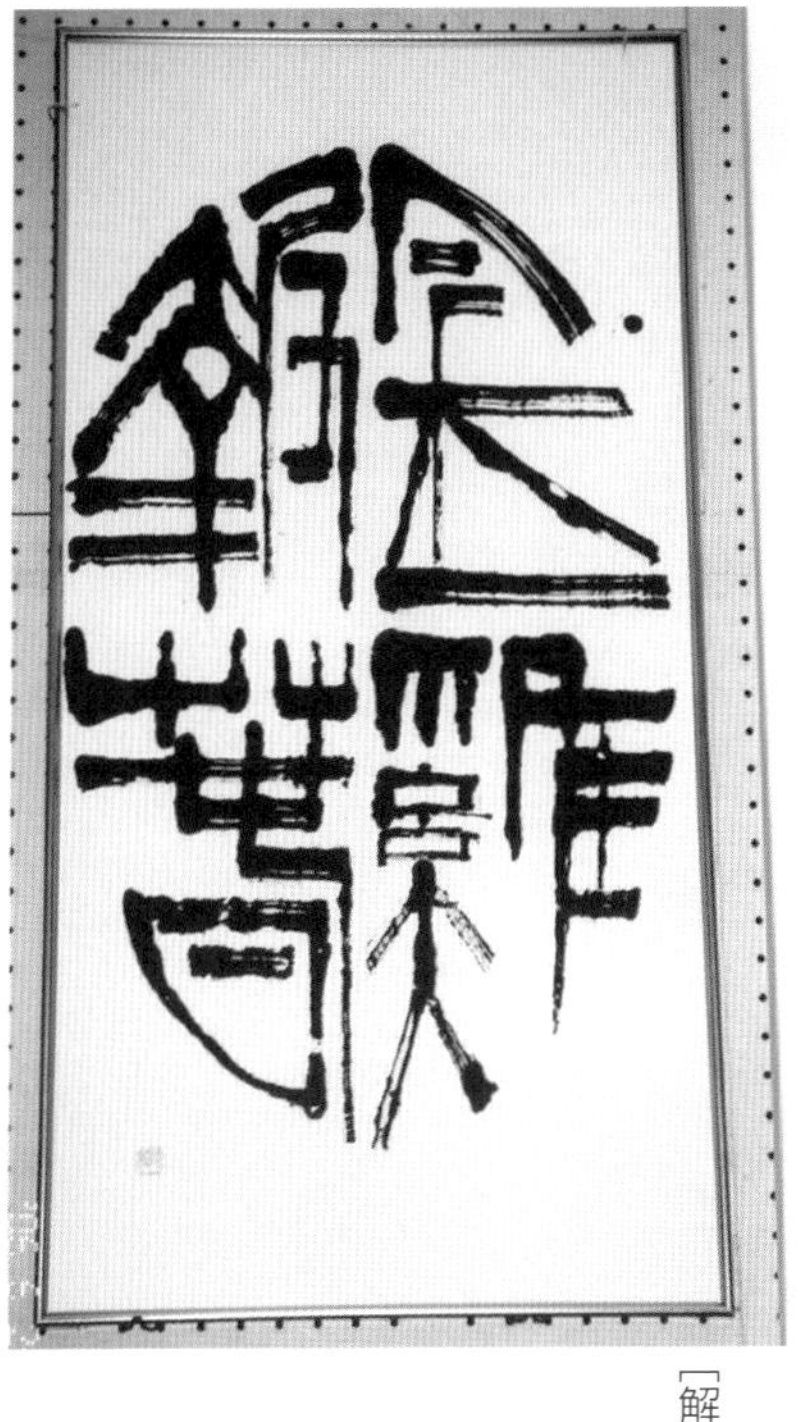

［解説］文字は篆書「金鶏報春」です。「金の鶏が春を報げる」という意味です。第三十回記念東洋書芸院平成十八年公募展出品作品。胡弓の演奏会場で、司会者が話されたことをメモ、その後作品にしました。今回改めて調べましたら『祖庭事苑』に「金鶏報暁」という似た言葉を見つけました。天上に住むという鶏がまず暁を告げ、多くの鶏がこれに応じて鳴くというあけの鳥のことでした。「報春」は見つけることはできませんでしたが、私は、この方が詩的で良さそうに思います。篆書を楕円型にまとめてみました。

## 多久市の全国漢詩コンテスト

さて、漢詩の話に戻ります。蘭泉さんお住いの佐賀県鳥栖市の近くに多久(たく)市があります。多久市には立派な孔子廟があり、毎年秋には「儒学と文化の里づくり」と称して「全国ふるさと漢詩コンテスト」が開催されています。「多久聖廟」の広大な丘の方々に最優秀作品の漢詩碑が建てられています。この陶板の漢詩を読んで歩くだけでも楽しいものです。

この漢詩コンテストには、毎年全国から数百首の漢詩が寄せられていますが、高島さんは、応募を続け、平成十七年には「初冬偶成」が入選、平成二十八年には「初夏偶吟」が奨励賞という快挙を成し遂げました。まず、その二首から……。

初冬偶成　　蘭泉　高島美津子

曳二筇険路一訪二村荘一
漠漠田園満地霜
遥望連山残月白

筇(つえ)を険路(けんろ)に曳(ひ)いて　村荘(そんそう)を訪(と)う
漠々(ばくばく)たる田園(でんえん)　満地(まんち)の霜(しも)
遥(はる)かに連山(れんざん)を望(のぞ)めば　残月白(ざんげつしろ)し

曳筇　つえをひく。竹の杖を曳いて歩く
村荘　いなかの家
漠漠　広々として果てしないさま
田園　田畑

多久聖廟

寒鴉數點上空翔　寒鴉数点　上空に翔る

（下平七陽韻）（作者により起句の一部を改変）

［意訳］険しい路を竹の杖をついて　田舎の家を訪ねると
果てしなく広がった田畑一面に霜が降りています
遥か遠くの山々を見ると　沈みかけた有明の月が白くかかり
冬の寂しげな鴉が数羽　空を飛んでいます

──残月　沈みかけている月
寒鴉　冬の寂しげなからす

初夏偶吟　　蘭泉　高島美津子

黄昏一望暮山青　黄昏一望すれば　暮山青し
今夜他郷宿旅亭　今夜他郷　旅亭に宿す
詩就深更千里夢　詩就りて深更　千里の夢
吟魂漠漠滿天星　吟魂漠々　満天の星

（下平九青韻）

［意訳］夕暮れどき見渡す限りの　山々が青い色となり
今夜は故郷を離れた　旅館に泊まっています
夜ふけに詩ができて　千里の彼方を夢み
わたしの詩心は果てしなく広がり　夜空一杯の星のようです

黄昏　夕暮れ。たそがれ
一望　見渡す限り
暮山　夕暮れの山
旅亭　旅館。旅籠
深更　夜更け。深夜
千里　非常に遠い距離をいう
吟魂　詩心
漠漠　広々と果てしない

# 詩書合一の世界

祝二東洋易學思想論攷上梓一　蘭泉　髙島美津子

新書拜受夢二羲皇一
禹域扶桑易理香
恰好枝頭黄鳥囀
老師偉業遍二東洋一

新書拝受し　羲皇を夢む
禹域扶桑　易理香し
恰も好し枝頭　黄鳥囀る
老師の偉業　東洋に遍し

（下平七陽韻）

［意訳］濱先生の新しいご本を拝受し　中国の聖天子伏羲を夢みました
中国と日本の両国にとって　易の理論は香しいものです
丁度よいことに木の枝の先に　高麗うぐいすが囀って
大先生の偉業を　東洋の隅々にまで伝えているようです

初冬偶詠　蘭泉　髙島美津子

霜痕隨處曉風吹
散二策空林一百草萎

霜痕随処　暁風吹く
空林を散策すれば　百草萎ゆ

羲皇　中国の古代伝説時代中の皇帝、伏羲（ふっき）の尊称。文字を作り、狩猟や漁労・牧畜を教え料理を始めたという

禹域　中国の別称。夏（か）の禹王が洪水を修めて中国全土の九つの州の境界を正したということに基づく

扶桑　日本のこと。扶桑という神木を産する国

易理　筮竹（ぜいちく）による占い

恰好　ちょうど良い

枝頭　枝の先

黄鳥　こうらいうぐいす。鶯の別名

老師　先生に対する敬称

遍　隅々まで広まる

野鳥頻鳴田舎趣
初冬耐得古松枝
（上平四支韻）

野鳥頻りに鳴く　田舎の趣
初冬耐え得たり　古松の枝

［意訳］霜の後があちらこちらに残って　明け方の冷たい風が吹き
人気のない林を散策すると　沢山の草がしおれています
野鳥は頻りに鳴いて　田舎の趣です
初冬の寒さに古い松の枝だけが凛然としています

---

霜痕　霜のあと
随處　どこでも。いたるところ
曉風　明け方の風
空林　木の葉の落ちつくした林。人気のない林
百草　いろいろな草。多くの草を言う。
田舎　耕作地の中にある家。いなか。いなかにある家

中林梧竹特別展有レ感　　蘭泉　髙島美津子

櫻城館裏感愈滋
書聖揮毫憶二漢時一
篆隷金文才絶世
出師墨蹟興無レ涯

（上平四支韻）

桜城館裏　感愈滋し
書聖の揮毫　漢時を憶う
篆隷金文　才絶世
出師の墨蹟　興涯無し

［意訳］桜城館での　感動は大変素晴らしく
書聖の揮毫は　漢の時代を思わせます
篆書　隷書　金石文　才能は絶世のものです

髙島美津子さんとご自身の作品

---

中林梧竹　佐賀県出身の書家
櫻城館　佐賀県小城市にある桜城館の二階に中林梧竹記念館が設置されている
書聖　書道の名人
揮毫　毛筆で文字や絵をかくこと
篆隷　篆書と隷書
金文　主として殷・周の青銅器に鋳込まれた銘文をいう。「金」は青銅の意で「文」は文字の意。広義の意味でつけられた呼称で、現在では一般的に書体の名称として扱われている
絶世　世に並びなく優れていること
出師　出師の表。三国時代、蜀（しょく）の諸葛孔明が、魏と戦うために軍隊を率いて出征するときに、後主（劉備の子の劉禅）に奉った上奏文。前・後の二文がある

出師の表の墨蹟は　おもむきに限りないものがあります

## 徳永寺本堂寺号額

鳥栖市曾根崎町にある浄土真宗本願寺派光林山徳永寺（第十六代緒方清隆住職）は、髙島家の菩提寺です。百八十年以前に建立された本堂は、老朽化が進んだため再建され、平成三十一年（二〇一九）三月に落慶しました。

新本堂で髙島家の法要を営んだ際に、蘭泉さんは寺号額の揮毫を依頼され、躊躇していたら、ご住職より「地域の皆さんに親しんでいただいているお寺ですから遠慮なく」と勧められ、身に余る光栄なことと思い、揮毫したとのことでした。

蘭泉さん揮毫の寺号額

題㆓徳永寺本堂寺號額㆒

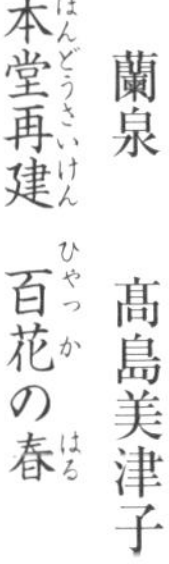

蘭泉　髙島美津子

本堂再建百花春
薫沐澄神攬㆑筆頻
寺號燦然成㆓宿志㆒
令和朱夏得心伸
（上平十一真韻）

本堂再建（ほんどうさいけん）　百花（ひゃっか）の春（はる）
薫沐澄神（くんもくちょうしん）　筆（ふで）を攬（と）ること頻（しき）りなり
寺号燦然（じごうさんぜん）　宿志（しゅくし）成（な）る
令和朱夏（れいわしゅか）　得心伸（とくしんの）ぶ

百花　いろいろな花が咲き乱れる
薫沐　香を着物に焚きこめ、髪を洗って身を清めること
澄神　心を澄ますこと

攬　とること。手にとること
頻　たびたび
寺號　寺の名。寺の名称
燦然　光り輝くさま。あざやかなさま

宿志　前々からの志。兼ねての希望
朱夏　なつ
得心　心が満たされる
伸　のびのびする。ゆったりする

［意譯］徳永寺本堂の再建が成ったのは　百花咲き乱れる春のことでした
私は香を焚き身を清め心を澄ませて　筆を手にすること幾度だったでしょうか
いまここに寺号が燦然と輝くのを見て　前からの思いがやっと叶いました
令和の夏の日に　心満たされ ゆったりとした気持ちで御仏の前にいます

## 蘭泉さん自選の詩

春日郊行

東郊光遍午風疎
信レ歩逍遙意晏如
雙燕歸來茅屋下
禽聲不レ盡野人居
（上平六魚韻）

蘭泉　髙島美津子

東郊光遍く　午風疎なり
歩に信せて逍遥すれば　意晏如たり
双燕帰り来る　茅屋の下
禽声尽きず　野人の居

東郊　東方の郊外
遍　広く。すみずみまで
午風　昼の風
疎　まばら。少ない
逍遙　気ままに歩く。ぶらつく
意　こころ
晏如　安らか。安らかで落ちつく
茅屋　かやぶきの家。あばらや。自分の家の謙称
野人　いなかに住んでいる人
居　すまい。いどころ

［意訳］東の郊外は光が一杯で　午後の風もまばら
足にまかせて気ままに歩くと　私の心は安らかで落ち着くの
茅ぶきの家に　つがいの燕が帰ってきているのよ
田舎の住まいには鳥の声が尽きないわ

起承転結をそれぞれ囲んで書いています。書体は金石文

春雨

檐鈴静聴夜三更
燈下繙レ書萬感生
撩亂梨花春帯レ雨
早晨滿地玉晶晶

（下平八庚韻）

蘭泉　髙島美津子

檐鈴静かに聴く　夜三更
灯火書を繙き　万感生ず
撩乱たる梨花　春雨を帯ぶ
早晨満地　玉晶々

檐鈴　のきにつるした風鈴
三更　真夜中
萬感情　さまざまな思い。複雑な感情
撩亂　入り乱れて咲く
早晨　明け方
滿地　地上一杯
晶晶　キラキラ輝く

［意訳］のき場につるした風鈴の音を真夜中静かに聴き
灯下に書物を開くと　さまざまな思いが生じます
咲き乱れる梨の花　春は雨を帯びて
朝早くには地面一杯　玉を敷きつめたようにキラキラと輝いていることでしょう

秋夜仰レ師　　蘭泉　　髙島美津子

秋聲颯颯故鄕天
含レ露芙蓉萬感牽
却思仁風師道儼
一詩執レ筆素心傳
（下平一先韻）

秋声颯々　故郷の天
露を含みし芙蓉　万感牽く
却って思う仁風師道の儼なるを
一詩筆を執って　素心伝えん

［意訳］秋風が颯颯　ふるさとの空
露に濡れた芙蓉の花を見ると　万感の思いです
仁風のような　先生の教えは厳かで
一詩に筆を執り　自分の心中を伝えようと思います

秋聲　秋の声。秋のおもむき
颯颯　風のさっと吹くさま。また、その形容
仁風　仁徳による教化。仁徳は風のように遠くまでとどくのでいう
師道　師匠の伝える道。師から授けられたみち。先生に仕える道
儼　おごそか。うやうやしい
素心　潔白な心。平素の心。本心

祠頭一望已深秋

家弟成二齋主一大分社遷座例大祭　蘭泉　髙島美津子

祠頭一望すれば　已に深秋

齋主肅然聲自幽
所作帶レ靈如二亡父一
溫顔髣髴感懷稠

（下平十一尤韻）

斎主粛然として　声自ら幽なり
所作霊を帯び　亡父の如く
温顔髣髴　感懐稠し

家弟　弟。ここでは大分社の長山義徳宮司のことをいう
大分社　蘭泉さんの実家が奉仕する神社。旧豊後の国一の宮（元郷社）。古くは西寒田（ささむた）大分大明神と称していたが、明治維新後に大分社（おおいたしゃ）と改称された
遷座　神または天子が居所を他へ移す。遷宮。遷幸
祠頭　やしろのほとり
粛然　静かなようす
幽　奥深い。奥深くてもの静か

所作　ふるまい
靈　神秘的な力
亡父　亡くなった父親
溫顔　おだやかな顔。やさしい顔
髣髴　よく似ているさま
感懷　感じ思う。思い

大分社

［意訳］　やしろのあたりを見ると
すでに秋は深まっています
今日は私の郷里の大分社の遷座例大祭
斎主の弟は粛然として声も自ずから奥深く
所作は神秘的で　亡くなった父のようです
穏やかな父の顔を髣髴とさせ
父への思いが募ります

今回、この章のために蘭泉さんが過去に作った二百

首余りの漢詩の中から六十八首を選んで送っていただきました。ここに、わたしのお気に入りの一首を紹介させていただき、感謝の意を表します。

秋日郊行　　蘭泉　髙島美津子

籬邊梧葉散紛紛
茅屋無レ人菊放レ芬
野鳥頻鳴田舎路
遙從二山寺一暮鐘聞

（上平十二文韻）

籬辺の梧葉　散じて紛々
茅屋人無く　菊芬を放つ
野鳥　頻りに鳴く　田舎の路
遥か山寺従り　暮鐘聞こゆ

籬邊　まがきのほとり
梧葉　青ぎりの葉
紛紛　入りみだれているさま
茅屋　かやぶきの家。あばらや
芬　かんばしい香り

〔意訳〕まがきのそばの青ぎりの葉は　あたり一面に散りみだれ
かやぶきの家に人は居ず　菊の花が芳しい香りを放っています
野鳥が盛んに鳴いている　田舎の路
遥か遠くの山寺から　夕暮れの鐘の音が聞こえてきます

最後に筍碩さん最近の書作。江戸時代の儒学者・佐藤一齋の『言志録』からの文言で、令和四（二〇二二）年第三十回佐賀県書道展出品作品です。

言志後録第五十五条

志氣ハ鋭カランコトヲ欲シ
操履ハ端シカランコトヲ欲シ
品望ハ高カランコトヲ欲シ
識量ハ豁カランコトヲ欲シ
造詣ハ深カランコトヲ欲シ
見解ハ実ナランコトヲ欲ス

佐藤一齋

人間の生きる姿勢として、心の勢いは鋭くありたいし、
行動はきちんと整っていたいし、
品位や人望は高くありたいし、
見識、度量は広い方が望ましい。
学問、技芸は深くありたいし、
物事に対する見方や解釈は真実でありたいものだ。

（訳　岬龍一郎）

# 家郷を詠ず

# わがふるさとと津久見

拙著『漢詩雑話』の校正に取り組んでいるころ、大分合同新聞社津久見支局長に赴任して来られたのが渋谷優子さん。令和二年（二〇二〇）、ある日の朝刊に「空旅・津久見湾」が掲載されました（写真・原田宏一さん、記事・渋谷優子さん）。「おっ、津久見の記事だ」と写真から文面へと読み進める中で、渋谷さんは感性豊かな優れた方だと感じました。

わたしにとって津久見の港は、子供のころに泳ぎ潜ってサザエやアワビをとり、夢中になって遊んだ何の変哲もない海でした。ところが「空旅・津久見湾」を見て、自分の身近にこんなにも素晴らしい風景があったのかと改めて感動しました。次の休みの日、港の見える丘に上り、悠然と暮れてゆく津久見湾を見て作ったのが、次の一首。濱久雄先生から雅号「麟涯」を拝受しての第一作です。

津久見灣卽事

紅霞日沒曲灣邊
對岸幽燈浸二碧漣一
一船出港餘暉裏
縹渺滄溟航跡鮮
（下平一先韻）

麟涯　近藤俊彦

紅霞日は没す　曲湾の辺
対岸の幽灯　碧漣に浸る
一船出港す　余暉の裏
縹渺たる滄溟　航跡鮮やかなり

---

卽事　事にふれて、その場のことを題材として詩をつくること
紅霞　赤い夕焼け
曲灣　入り江
邊　ほとり。あたり
幽燈　かすかな灯
碧漣　さざ波
餘暉　残照
縹渺　遥かに広いさま
滄溟　青く薄暗い意で、海をいう

夕日や照明が反射し、幻想的な姿となる津久見湾

# 変化する空、海、まちの色

津久見湾

空旅 TABI SORA

西の空が赤く染まり始めると、海岸線を沿うように明かりがともった。空、海、まちの色は時間の経過とともに変化する。青、赤、黒、緑…。セメント工場の照明が目立つ。山ぎわにある民家の明かりもうっすら見えてきた。

鉱山や工場が並ぶまち。夕日や照明が海に反射し、幻想的な雰囲気に包まれる。海沿いの公園で涼しげな風が吹き、市民が犬の散歩やランニングなど思い思いに楽しんでいた。

１隻の船が港を出航した。穏やかな海面に航跡が広がる。日暮れがだんだん早まり、草むらから虫の声。秋の息遣いが聞こえた。

「大分合同新聞」2020年9月16日付朝刊

［意訳］ 夕焼けのもと日は沈む　入り江のあたり
対岸のかすかな灯が　まるでさざ波に浸っているよう
一隻の船が残照の中を出港し
広々とした夕暮れの青く薄暗い海に　航跡は鮮やかだ

「紅霞」、「餘暉」と似たような詩語が二か所も出るのは如何なものか、とも思いましたが、この詩では津久見湾の見事な夕景色の中で微妙に変化してゆく日の光を何とか表現したいと思い、これらの詩語を次のように理解して詠じました。

紅霞＝日没間際の空に広がる赤い夕焼け雲
餘暉＝日没後、山の端に日が当たってできる残照

この詩を詠じながら、この町に生まれ、育ち、そしてこの町の多くの方々に支えられている自分の幸せを改めて感謝しました。

## 家郷の景

その津久見を七言律詩で詠じてみました。この一首に対して濱先生より「対句は難しいものですが、よく克服して詠じています」との有難い評をいただきました。

## 詠二家郷一

麟涯　近藤俊彦

境閑地僻厚二人情一
日暖風和爽二鳥聲一
北壁石灰無レ盡掘
南丘柑橘懶レ收盈
碧灣滿滿暮潮靜
彦岳亭亭晨景明
四面物華詩可レ賦
開レ窗眺望一天晴

（下平八庚韻）

境は閑に地は僻にして　人情厚く
日暖かに風和み　鳥声爽やかなり
北壁は　石灰　尽くる無く掘し
南丘は柑橘　収むるに懶く盈つ
碧湾は満々として　暮潮静かに
彦岳は亭々として　晨景明かなり
四面の物華　詩　賦す可し
窓を開き眺望すれば　一天晴る

［意訳］
環境はのんびりし土地は辺鄙な田舎　しかし人情は厚い
日は暖かく風は和やかに吹き　鳥の声は爽やか
北壁は石灰山で　無尽蔵
南丘は蜜柑山で　収穫が物憂くなるほどたくさん実る
碧湾は海水に満ちあふれ　夕潮は凪ぎ
彦岳は高く聳えて　朝日に輝く
まわりの景色は詩を賦すのに十分に値し
窓を開けて見渡せば　大空が晴れ渡っている

---

家郷　ふるさと
境　環境
地　場所
僻　いなか
鳥聲　鳥の鳴き声
柑橘　みかん類
碧灣　緑の湾
滿滿　満ちあふれるさま
彦岳　山名。大分県南部の最高峰
亭亭　高く聳え立つさま
晨景　朝のひかり
四面　まわり
物華　景色
可　……するのによい
一天　空一面

北壁は石灰　尽くる無く掘し

南岳は柑橘　収むるに懶く盈つ

碧湾は満々として　暮潮静かに

彦岳は亭々として　晨景明かなり

最近は過疎化がひどく、街中でも人を見るのが珍しいほどです。わが家より二キロも歩けば郊外の風景に変わります。

## 村落徘徊

夏日尋二村巷一
凄涼人跡稀
沛然時雨霽
淅瀝晩風微
虹霓超レ山架
雙禽向レ棲飛
幽深郷土景
欲レ賦五言詩

（上平五微韻）

麟涯　近藤俊彦

夏日（かじつ）　村巷（そんこう）を尋（たず）ぬれば
凄涼（せいりょう）として　人跡稀（じんせきまれ）なり
沛然（はいぜん）たる　時雨霽（じうは）れ
淅瀝（せきれき）たる　晩風微（ばんぷうかす）かなり
虹霓（こうげい）は　山（やま）を超（こ）えて架（か）かり
双禽（そうきん）は　棲（すみか）に向（む）かって飛（と）ぶ
幽深（ゆうしん）なり　郷土（きょうど）の景（けい）
賦（ふ）さんと欲（ほっ）す　五言（ごごん）の詩（し）

［意訳］夏の日に村の小道を尋ね歩けば　物寂しくて人の通った跡がない
盛んに降った時雨も晴れ　さびしい風の音はかすか
虹は山を越えてかかり　つがいの鳥は塒（ねぐら）に向って飛んでいる
静かで奥深い故郷の風景　そうだ五言の詩を作ろう

徘徊　散歩
夏日　夏の日
村巷　むらの小みち
凄涼　もの寂しい
人跡　人の通ったあと
沛然　雨の勢いさかんに降るさま
時雨　夕立
霽　晴れる
淅瀝　さびしい風の吹くようす
晩風　夕方の風
虹霓　にじ
雙禽　つがいの鳥
幽深　物静かで奥深い
郷土　ふるさと
賦　詩歌を作る

この一首に対し、濱久雄先生より「村落徘徊の景を叙して巧みに詠じた秀作です」との評をいただき、天にも昇る思いでした。

## 豊後の国・竹田を訪ねて

十一月、秋晴れの日に、紅葉のきれいな大分県竹田市を訪ねました。竹田市は城下町で文治元年（一一八五）に豊後の国の武将・緒方三郎惟榮が源義経を迎えるため、この地に築城したことに始まると伝えられています。その後、文禄三年（一五九四）、中川公の入封によって岡藩の城となりました。

現在、残っている城郭は、初代藩主・中川秀成によって築城されたもので、本丸、二の丸、三の丸、西の丸などの主な曲輪から成っています。城の形が牛の寝ている姿に似ていることから「臥牛城」とも呼ばれています。本丸からは、九重連山や阿蘇山がはるかに見渡され、眼下には竹田の城下町を見ることができます。

岡城趾即事　　麟渓　近藤俊彦

登登石磴至₌荒城₋　　登々石磴　荒城に至れば
一望連峰映レ日明　　一望連峰　日に映じて明らかなり
花宴高樓悉如レ夢　　花宴高楼　悉く夢の如く

即事　事にふれてその場のことを題材にして詩を作ること
登登　登るさま
石磴　石の階段
亂鴉　乱れ飛んでいるからす

唯聴山頂亂鴉聲　唯だ聴く山頂　乱鴉の声

（下平八庚韻）

［意訳］石段を登り　荒城に至ると

一望のもとに九重連峰が　陽に照らされてくっきり

あの高楼での花の宴が　すべて夢のよう

山頂ではみだれ飛ぶ鴉の鳴き声が聞こえるだけ

岡城跡には彫塑家・朝倉文夫によってつくられた滝廉太郎の銅像があります。朝倉文夫は滝廉太郎と直入(なおいり)郡高等小学校の同窓でした。銘文に当時の記憶を蘇らせながら制作したことが記されています。

朝倉文夫〈滝廉太郎君像〉銘文

瀧君とは竹田高等小学校の同窓であった。君は十五才自分は十一才、この二つの教室は丁度向かい合っていたので、僅かに一年間ではあったが印象は割合に深い、志かしそれから君の亡くなるまでの十年間は、ほとんど何も思い

岡城趾（大分県竹田市）

出せないのに、十一才乃印象を土台にして君の像を造ろうというのである。多少の不安を抱かぬでもなかったが、制作に着手してみると印象はだんだん冴えて来て、古い記憶は再び新しくなり、追憶は次から次へと蘇る。学校のオルガンの弾奏を許されていたのも君、裏山で尺八を吹いて全校の生徒を感激させたのも君、それは稲葉川の川瀬に和した忘れることの出来ない韻律であった。そして八年後には一世を画した名曲「四季」「箱根の山」「荒城の月」に不朽の名を留めたことなど、美しい思い出の中に、楽しく仕事を終わった。

昭和二十五年八月十五日

朝倉文夫識

今自分は、五十七年前の童心に立ちかへり
幽懐作る処をしらず
君を塑(そす)れば笛の音や将に月を呼ぶ

題二朝倉文夫所レ塑瀧廉太郎像銘文一　麟涯　近藤俊彦

城趾無レ樓曲徑通
端然瀧像夕陽紅
塑レ君鳳笛將レ呼レ月
莫レ限追懷銘記中
（上平一東韻）

城趾(じょうし)楼(ろう)無(な)く　曲径通(きょくけいつう)じ
端然(たんぜん)たる瀧像(たきぞう)　夕陽紅(せきようくれない)なり
君(きみ)を塑(そ)すれば鳳笛(ほうてき)　将(まさ)に月(つき)を呼(よ)ばんとす
限(かぎ)り莫(な)き追懐(ついかい)　銘記(めいき)の中(うち)

---

朝倉文夫　明治十六～昭和三十九年（一八八三～一九六四）。大分県豊後大野市朝地町生まれ。東京美術学校（現・東京藝術大学）卒。「東洋のロダン」と呼ばれた彫塑家。号は紅塑（こうそ）
塑　彫刻。土をこねて物の形をつくること
銘文　金石に刻まれた文章
曲徑　曲がりくねった道
端然　行儀正しくきちんとしているさま

瀧像　瀧廉太郎の銅像
鳳笛　すぐれた笛の音
追懐　過去のことを思い出して懐かしむ。追憶
銘記　銘文

［意訳］岡城跡に高殿は無く　曲がりくねった道が通じ
瀧廉太郎の像は端然として　夕日は赤い
「君を彫刻すれば名笛の音が　将に月をよんでいるようだ」
朝倉文夫の昔を思い懐かしむ　銘文に見入る

瀧廉太郎（明治十二〜三十六年：一八七九〜一九〇三）は、夭折した天才的な作曲家で東京生まれ。父親は官庁に勤めていたため各地を転勤し、明治二十四年（一八九一）に大分県直入(なおいり)郡郡長として、現在の竹田市に赴任しました。廉太郎十二歳のときです。

その後、廉太郎は東京音楽学校（現在の東京藝術大学音楽学部）卒業後、ドイツに留学。結核を患い帰国。大分市で死去しました。わずか二十三歳十ヶ月の生涯でした。一閃の光芒にも似た短い生涯で、「荒城の月」「箱根八里」「花」など数々の名曲を残しています。

岡城趾の滝廉太郎像（作・朝倉文夫）

「荒城の月」は、少年時代に遊んだ岡城趾を思い出しながら作曲したといわれています。作詞・土井晩翠、作曲・瀧廉太郎。歌詞が難しすぎるという理由で中学校の音楽の教科書から削除されました。日本特有の七五調の歌詞（今様形式）と西洋音楽の旋律とが融合した日本の歌曲の代表ともいうべき名曲です。教科書から消えてしまったことは残念でなりません。

歌詞の一番だけ記します。日本人として忘れてはならない、歌い続けなければならない名曲だと思います。

荒城の月　作詞　土井晩翠／作曲　瀧廉太郎

春高楼の花の宴
巡る盃　影さして
千代の松が枝　分け出でし
昔の光　今いずこ

竹田市は、豊後南画の泰斗・田能村竹田の生まれ育った地でもあります。丁度、竹田市を訪れた週に竹田市歴史文化館・由学館で「仿 竹田先生――田能村竹田へのあこがれ」展が開催中で、田能村竹田の国指定重要文化財「暗香疎影図」を拝見することができたのは、僥倖でした。

田能村竹田の起居した竹田荘は、この由学館のすぐ上にあり、エレベーターが敷設され、急坂を歩かずに行くことができます。竹田の言葉「能く古心を得て、而も其の迹に拘泥せず」を知り、一首作りました。

岡城趾を逍遥す

## 田能村竹田名言有レ感

得二古人心一能自齊
雖レ知二其迹一不二拘泥一
名言玩味聖賢誡
反復逍遙紅葉蹊

（上平八斉韻）

麟涯　近藤俊彦

古人の心を得て　能く自ら齊え
其の迹を知ると雖も　拘泥せず
名言玩味す　聖賢の誡
反復し逍遙す　紅葉の蹊

田能村竹田旧宅

［意訳］　田能村竹田の言葉に「昔の人の心を自分で良く学びしかもそれに拘泥しないことだ」とあることを知った
「先人の残した言葉の意味をよく考えよ」というのが聖賢の誡めだ
自分はこの言葉を反芻しながら　紅葉の道を気ままに歩いた

齊　ととのえる。おなじにする
拘泥　こだわる。私事に執着して融通がきかないこと
名言　先人の残した素晴らしい言葉
玩味　詩文をよく読んで、その意味をよく考え味わうこと
聖賢　聖人と賢人
誡　いましめ
逍遥　気ままに歩く。さまよう
蹊　こみち

# 日本の詩を漢詩へ

# 明月

漢詩を日本の詩や文学の中に取り込む試みは、古く平安時代から行われていますが、日本の詩を漢詩にすることは、少ないように思います。これに取り組んだ最初の人は、安倍仲麻呂でしょう。

安倍仲麻呂は、奈良時代、第九次遣唐使として養老元年（七一七）、吉備真備（きびのまきび）らと唐の都・長安に渡りました。仲麻呂はかの地で「科挙」に合格し、「晁衡（ちょうこう）」と名乗り、玄宗皇帝に仕えました。唐の朝廷で数々の役職を務め、李白・王維・儲光羲（ちょこうぎ）ら唐の詩人たちとも親交のあった、わが国最初の国際人です。

天の原　ふりさけ見れば　春日なる　三笠の山に　出でし月かも

この和歌は百人一首にも選ばれており、仲麻呂は五言絶句の漢詩にしています。

翹レ首望二東天一　首（こうべ）を翹（あ）げて　東天（とうてん）を望（のぞ）めば
神馳奈良邊　神（かみ）は馳（は）す　奈良（なら）の辺（あたり）
三笠山頂上　三笠（みかさ）　山頂（さんちょう）の上（うえ）
思又皓月圓　思（おも）う又（また）　皓月（こうげつ）の円（まどか）なるを

仲麻呂の和歌を呆堂先生も立派な漢詩にしています。先生の漢詩集でこの一首を見たときは驚きました。

呆堂　土川泰信

天の原（秋気長安の旻）
ふりさけ見れば（仰ぎ観て故郷を懐ふ）
春日なる三笠の山に（南都三笠の嶺）
出でし月かも（明月竜光を照らす）

明月

秋氣長安旻
仰観懐二故郷一
南都三笠嶺
明月照二龍光一
（下平七陽韻）

## 芭蕉

和歌は何とか漢詩で詠ずることができます。しかし、世界最短の詩と言われる俳句になると、そうは簡単にゆきません。『笈日記』から松尾芭蕉の有名な一句。

旅に病んで夢は枯野をかけめぐる

果敢にも、呆堂先生がこれに挑戦しています。

芭蕉

行旅宿二僧堂一
何圖臥二病牀一
一望枯二草野一
夢裏走二他郷一

（下平七陽韻）

呆堂　土川泰信

行旅（こうりょ）　僧堂（そうどう）に宿（しゅく）す
何（なん）ぞ図（はか）らん　病牀（びょうしょう）に臥（ふ）す
一望（いちぼう）　草野（そうや）枯（か）れ
夢裏（むり）　他郷（たきょう）を走（はし）る

## 早春賦と吉丸一昌

わたしの住んでいる津久見の隣町が臼杵（うすき）市です。津久見市が石灰石産業やセメント産業を中心とする工業の町なら臼杵市は伝統を誇る城下町です。その臼杵市出身の作詩家に吉丸一昌（よしまるかずまさ）という方がいました。「早春賦」を作詞した方です。最近、臼杵市に「吉丸一昌記念館　早春賦の館」があることを知り、春まだ寒き日に訪ねました。

吉丸一昌記念館では、「座論梅（ざろんばい）」と呼ばれている梅の花が咲いていました。係の方の説明によると、花が一か所に三つから八つ咲き人が座って話をしているように見えることから名付けられたそうです。

おん袖を大地にたれて　ちり梅の　花は　ふたたび　あひいでしかな　　一昌

早春賦　　作詞　吉丸一昌／作曲　中田　章

春は名のみの　風の寒さや
谷の鶯　歌は思へど
時にあらずと　声も立てず
時にあらずと　声も立てず

立春のころになると、春を告げる鶯が美しい声で鳴きます。鶯は、早春に鳴くことから「春告鳥（はるつげどり）」ともいわれます。吉丸一昌の「早春賦」を何とか漢詩にできないかと挑戦してみましたが、なかなか難しい。そこでその雰囲気でも……と、思い作ったのが、次の一首です。

早春賦

餘寒料峭聽黃鸝
晨日尋春出短籬
探得山阿林下路
梅花又發舊時枝
（上平四支韻）

麟涯　近藤俊彦

余寒料峭（よかんりょうしょう）　黄鸝（こうり）を聴（き）く
晨日春（しんたんはる）を尋（たず）ねて　短籬（たんり）を出（い）ず
探（さが）し得（え）たり山阿（さんあ）　林下（りんか）の路（みち）
梅花又発（ばいかまたひら）く　旧時（きゅうじ）の枝（えだ）

早春賦の歌碑

餘寒　大寒後の寒さ
料峭　春の風の肌寒い形容
黃鸝　うぐいす。朝鮮うぐいす
晨日　朝早く
短籬　低いまがき
山阿　山の隈。山あい
舊時　むかし。以前

吉丸一昌像（後方は臼杵城趾）

〔意訳〕まだ寒さの残るころに　鶯の声を聴き
朝早くに春を訪ねて　わが家を出る
見つけ出したぞ　山あいの　林下の路で
梅の花が去年の枝に今年も咲いている

## たんぽぽ

坂村真民（さかむらしんみん）という詩人がいます。わたしの弟（近藤榮二）が、その詩人の『念ずれば花ひらく』（サンマーク出版）という本を持ってきて、その中にある「タンポポ魂」という詩を示し、「この詩が好きだ。ぜひ漢詩にしてくれ」と、宿題を出してきました。まずその詩から……。

吉丸一昌像記念館

タンポポ魂　　坂村真民

踏みにじられても　食いちぎられても
死にもしない　枯れもしない
その根強さ　そして太陽に向かって咲く　その明るさ
私はそれをわたしの魂とする

さあ難題が来ました。いろいろ頭をひねった末、できたのが次の一首です。添削していただいた濱先生にもご苦労をおかけしました。

魂　　麟涯　近藤俊彦

蒲公英偉矣
踏藉浴二春暄一
花發陽光下
我爲二魂魄源一

（上平十三元韻）

蒲公英(たんぽぽ)　偉(い)なるかな
踏藉(とうせき)さるるも　春暄(しゅんけん)に浴(よく)す
花発(はなひら)く　陽光(ようこう)の下(もと)
我(われ)は魂魄(こんぱく)の源(みなもと)と為(な)さん

蒲公英　たんぽぽ
偉　えらい
踏藉　踏みにじる
春暄　春の暖かさ
魂魄　たましい

〔意訳〕タンポポは　偉いな
　踏みにじられても　春の暖かさを受けている
　花は開く　燦燦たる光のもと
　わたしは自分の魂の源としたい

起句は「偉矣蒲公英」と同様に考えたもので、濱先生から「面白い発想です」とのコメントをいただきました。この一首は、俳句でいう「破調」でしょうか？

佐賀県高野寺を訪ねたとき、境内に坂村真民筆「念ずれば花開く」の石碑があり驚きました

## 箱根八里

瀧廉太郎の作曲した「箱根の山〔副題・箱根八里〕」という歌があります。「荒城の月」と同様に歌詞が難解だということで中学の音楽の教材から外されました。勇壮な詞と曲、わたしたちは意味がわからなくても中学生のころよく歌いました。内容がはっきりわかったのは、高校生になってからです。歌詞の方は脳裏にインプットされていましたので、すぐに理解できました。

なお、「箱根八里」とは、東海道五十三次の宿場の一つ小田原宿から箱根山を越えて三島宿までの八里の道のりを指します。江戸時代には、峠を越えるための馬子（まご）や駕籠（かご）が活躍しました。民謡「箱根馬子唄」では「箱根八里は馬でも越すが、越すに越されぬ大井川」と歌われています。

先日、ある若い女性の方に、「『箱根八里』の歌を知っていますか」と聞いてみました。

「先生、よく知ってますよ。大ヒットした氷川きよしの『箱根八里の半次郎』でしょう」

箱根の山――箱根八里

作詞　鳥井　忱／作曲　瀧廉太郎

箱根の山は天下の嶮　函谷關も物ならず
萬丈の山　千仞の谷　前に聳え後に支う
雲は山を巡り　霧は谷を閉ざす　昼猶闇き杉の並木
羊腸の小徑は苔滑らか　一夫關に當るや　萬夫も開くなし
天下に旅する剛毅の武士　大刀腰に足駄がけ　八里の岩根　踏みならす
斯くこそありしか　往時の武士

箱根の山は天下の阻　蜀の桟道數ならず
萬丈の山　千仞の谷　前に聳え後の支う
雲は山を巡り　霧は谷を閉ざす　昼猶闇き杉の並木
羊腸の小徑は苔滑らか　一夫關に當るや　萬夫も開くなし
山野に狩する剛毅の壮士　猟銃肩に草履がけ　八里の岩根　踏み破る
斯くこそありけれ　近時の丈夫

［意訳］箱根の山は日本一のけわしさ
　中国の函谷関も比較にならないほど

箱根八里

高い山　深い谷　山は前に聳え立ち　深い谷が後ろを支える
雲は山をめぐり　霧は谷をとざし　昼でも暗い杉の並木
曲がりくねった長い道は苔が生えて滑りやすく
一人の男が関所の守りにつけば　万の男が攻めても破れない
この世の至る所を旅する剛毅の侍が　刀を腰に高下駄をはいて
大きな岩の道を踏みならしていく
そのようなことであっただろう　昔の侍は

箱根の山は日本一のけわしさ
中国の蜀の桟道も比較にならないほど
高い山　深い谷　山は前に聳え立ち　深い谷が後ろを支える
雲は山をめぐり　霧は谷をとざし　昼でも暗い杉の並木
曲がりくねった長い道は苔が生えて滑りやすく
一人の男が関所の守りにつけば　万の男が攻めても破れない
山や野原で狩りをする剛毅の侍が　猟銃を肩に草鞋をはいて
八里の岩の道を踏破する
このようにあってほしい　この頃の男は

これを五言排律にしたのが呆堂先生です。排律とは近体詩の一つで、五言または七言の句、十句以上の偶数句から成り、律詩（八句）に四句増した十二句のものが多いようです。

箱根八里擬作

函關天下險
蜀道正休レ論
前聳萬峰頂
後望千仞垠
白雲懸レ嶽美
濃霧繞レ溪繁
晝闇翠杉路
苔靑雨後痕
征夫剛毅富
健脚偉容存
踏破羊腸徑
往時艱難門

（上平十三元韻）

呆堂　土川泰信

函関は　天下の険
蜀道　正に論ずるを休めよ
前に聳ゆ　万峰の頂
後に望む　千仞の垠
白雲　嶽に懸って美しく
濃霧　渓を繞って繁し
昼も闇し　翠杉の路
苔は青し　雨後の痕
征夫　剛毅富み
健脚　偉容存す
踏破す　羊腸の径
往時　艱難の門

---

擬作　まねて作る
函關　函谷関の略。箱根の関所を意味する
險　険しいところ
蜀道　蜀（今の四川省）に通ずる危険な道
千仞　非常に高い
垠　崖
嶽　高大な山
溪　谷
繁　多い
翠杉　緑色の杉
痕　あと。痕跡
征夫　旅人
剛毅　気性が強く物事にくじけない
偉容　すぐれて立派な姿。堂々たる姿
踏破　踏み越える。踏み歩く。歩きとおす。「破」は意味を強める助字
羊腸　羊のはらわたのように小道が曲がりくねっていること
往時　むかし

［意訳］　箱根の関所はこれ以上なく険しい
蜀道とどうかなどと比較しないでくれ
前にはいくつもの峰の頂　後ろには深い崖
白雲は高大な山にかかって美しく
濃霧は谷をめぐって多い
昼も暗い緑の杉の路　苔は青く雨後の痕跡
それでも旅人は気持も強くくじけず
健脚　堂々たる姿で
曲がりくねった小道を踏み歩き
昔あれだけ苦しんだ関所の門を歩いて行く

中国・蜀の桟道

洛陽市新安県にある函谷関遺跡博物館

## 岸壁の母

森田玄岳先生と「日本人の漢詩離れ」が話題になりました。要約しますと、

一、日本人同士の会話の中で漢詩の詩語や句を用いて表現することが少なくなったこと

二、日本の国語教育にもっと漢字を取り込まなければ日本語自体が貧弱になってしまうこと

三、本や新聞などの速読や斜め読みも、漢字仮名交じり文で表意文字の漢字があるからこそできること

四、英語教育も大事だが、まず日本語の力をつけねば英語力は向上しないこと

それで、わたしは「漢詩に親しみやすくするために日本の詩を漢詩にすることを試みている」と話しました。森田先生も大いに賛同していただきました。

早速、歌謡曲の「岸壁の母」の漢詩を送っていただきました。まず、その歌詞を見てみます。先の大戦後にシベリアへ連行され厳寒の中で強制労働させられた旧日本軍の兵士たち。その中の一人である息子の帰りを待つ母親の姿を歌ったものです。

岸壁の母

作詞　藤田まさと／作曲　平川　浪竜

歌　二葉百合子

母は来ました　今日も来た
この岸壁に　今日も来た
とどかぬ願いと知りながら

もしやもしやに　もしやもしやに
ひかされて

呼んでください　おがみます
あゝおっ母さん　よく来たと
海山千里と　云うけれど
何で遠かろ　何で遠かろ
母と子に

悲願十年　この祈り
神様だけが　知っている
流れる雲より　風よりも
つらいさだめの　つらいさだめの
杖ひとつ

「あゝ風よ　心あらば伝えてよ
愛し子待ちて　今日も又
怒濤砕くる岸壁に立つ母の姿を……」

玄岳先生は、この「岸壁の母」の歌詞と台詞の内容を総合的に捉えて漢詩にされています。

岸壁老母

曳ㇾ杖江灣ㇾ已十年
遙望ㇾ北國ㇾ涙潸然
歸帆征帆人亦散
唯看岸壁怒濤飜

（下平一先韻）

玄岳　森田元久

杖を江湾に曳くこと　已に十年
遥かに北国を望み　涙潸然たり
帰帆征帆　人亦散じ
唯看る岸壁　怒濤の翻るを

［意訳］悲願十年愛し子を待って舞鶴湾
海山千里遠いシベリアを望みただ涙
今日も又引き上げ船も人も去り
怒涛砕ける岸壁に見る母の姿を

（訳　森田玄岳）

曳杖　つえをついて歩く
江灣　みなと
北國　シベリアをさす
潸然　涙の流れ落ちるさま
歸帆　帰ってくる船
征帆　去っていく船
怒濤　さかまく荒波

## なごり雪

イルカさんの歌った「なごり雪」というヒット曲があります。津久見市出身の伊勢正三さんの作詩・作曲です。美しい詞と曲は、今なお聴く人の胸を打ちます。津久見駅では列車の到着前に駅のホームにこのメロディーが流れます。駅舎正面には伊勢正三さんの思いを綴った石碑も建てられています。

線路の先にはロマンがある
日本中…
どこか誰かと繋がっている
思えばあの日
ここから僕の夢は
旅立ったのです
ホームと言えば
心の奥深く
いつもこの景色があるのです
「つくみ駅」に寄せて
伊勢正三

伊勢正三筆の石碑（津久見駅）

この「なごり雪」の感動的な詩を読んでみましょう。

なごり雪　　作詞・作曲　伊勢正三

汽車を待つ君の横で　ぼくは時計を気にしてる
季節はずれの雪が降ってる
「東京で見る雪はこれが最後ね」と　さみしそうに君はつぶやく
なごり雪も降るときを知り　ふざけすぎた季節のあとで

今　春が来て君はきれいになった
去年よりずっときれいになった

動き始めた汽車の窓に顔をつけて　君は何か言おうとしている
君の口びるが「さようなら」と動くことが　こわくて下を向いてた
時が行けば幼い君も大人になると気づかないまま
今　春が来て君はきれいになった
去年よりずっときれいになった

君が去ったホームにのこり
落ちてはとける雪を見ていた
今　春が来て君はきれいになった
去年よりずっときれいになった

令和四年（二〇二二）、伊勢正三さんの後輩の方たちが中心となって津久見市中央町に「伊勢正三ミュージアム海風(うみかぜ)音楽庵」を作りました。伊勢正三さんのデビューから現在までの資料が溢れんばかりに陳列されていて圧倒されます。ぜひ、一度訪ねてみてください。

さて、わたしはこの「なごり雪」という名曲を何としても漢詩にしたいと思ったのですが、なかなか難しい。敢えて出だしの印象的な場面を漢詩にしてみました。

殘雪有感

忽忽汽笛不堪聞
雪裏驛站心緒紛

麟涯　近藤俊彦

忽々の汽笛　聞くに堪えず
雪裏の駅站　心緒紛たり

伊勢正三ミュージアム海風音楽庵のアプローチ

伊勢正三さんが今まで使用したギターが整然と陳列されています

忽忽　あわただしいさま
驛站　駅。駅亭
心緒　心のはし。転じて心。思い
紛　みだれる
戀戀　心がいつまでもひかれているさま

如何戀戀別離恨　　如何せん恋々　別離の恨み
今歳妍二於去歳君一　　今歳は去歳の君よりも妍なり

（上平十二文韻）

恨　満たされぬ思い
今歳　今年
妍　うつくしい
去歳　去年。昨年。以前

この詩に対して、濱先生より「翻訳詩の難関をよく突破しています」との評をいただきました。。お褒め言葉をいただくと励みになります。

## [余談ですが……]「なごり雪」と「なごりの雪」

「なごり雪」という言葉は、今まで日本語にはなかったことを今回初めて知りました。手元の『明鏡国語辞典』（大修館書店）では、「なごりの雪」として、

①春が来ても消えないで残っている雪
②春になってから降る雪

と記載されていますし、岩波書店の『広辞苑』で調べて見ますと、
「春になってから冬の名残に降る雪。涅槃雪（ねはんゆき）。雪の果て。忘れ雪」
と出ています。

「なごり雪」の言葉はどのようにして生まれたのでしょうか。そのへんの事情に詳しい「なごり雪の会」河村和彦事務局長に貴重な逸話を寄稿していただきました。河村さんは伊勢正三さんの小中学校での後輩にあたる方です。

# 冬と春を結ぶ言葉「なごり雪」は、南国・津久見で生まれた

伊勢正三ミュージアム海風音楽庵
（一般社団法人なごり雪の会）共同代表・事務局長　河村和彦

♪汽車を待つ君の横でぼくは時計を気にしてる

この詞で始まるのは、冬と春を結ぶ曲として世代を超えて愛される曲「なごり雪」。歌の舞台は東京駅、しかし、雪に無縁の南国・大分県の津久見駅のホームがモチーフになった。津久見は、この曲を作った伊勢正三・正やんの故郷。高校へ通う時も、故郷を旅立つ時もこの駅のホームからだった。正やんはかつて次のように話してくれた。

河村和彦事務局長

「なごり雪という歌の詩は、東京から九州に帰ってくる歌だけど、自分の心象風景としてはここです。ここには雪は降らないけど、最後の名残りの象徴として降っているわけです」

正やんは昭和四十六年（一九七一）上京、高校の先輩・南こうせつさんとともに「かぐや姫」を結成、「神田川」でスターダムを駆け上がると、昭和四十九年（一九七四）三月に四枚目のアルバム「三階建の詩」で「なごり雪」を発表した。実は、当時わが国には「なごり雪」という言葉は存在せず、

「勝手にこのような言葉を作っては日本語の乱れを助長するから『名残りの雪』に変えたらどうだ」とまで言われたという。しかし正やんは「の」の一文字を入れることを良しとしなかった。

平成二十五年（二〇一三）、日本気象協会が「季節の言葉三十六選」の中で三月の言葉の一つとして「なごり雪」を選んだ。曲の発表から約四十年もの歳月が経った後にようやく「なごり雪」という言葉が世に認められた瞬間だった。このことを聞いた正やんは、曲のヒットに反して残っていたモヤモヤ感が消え胸のつかえが降りた気分と語ったとされる。

さらに令和三年（二〇二一）十二月一日に発売された三省堂国語辞典に「なごりゆき『名残雪』」が収録された。そこには次のようにその語源も記されている。

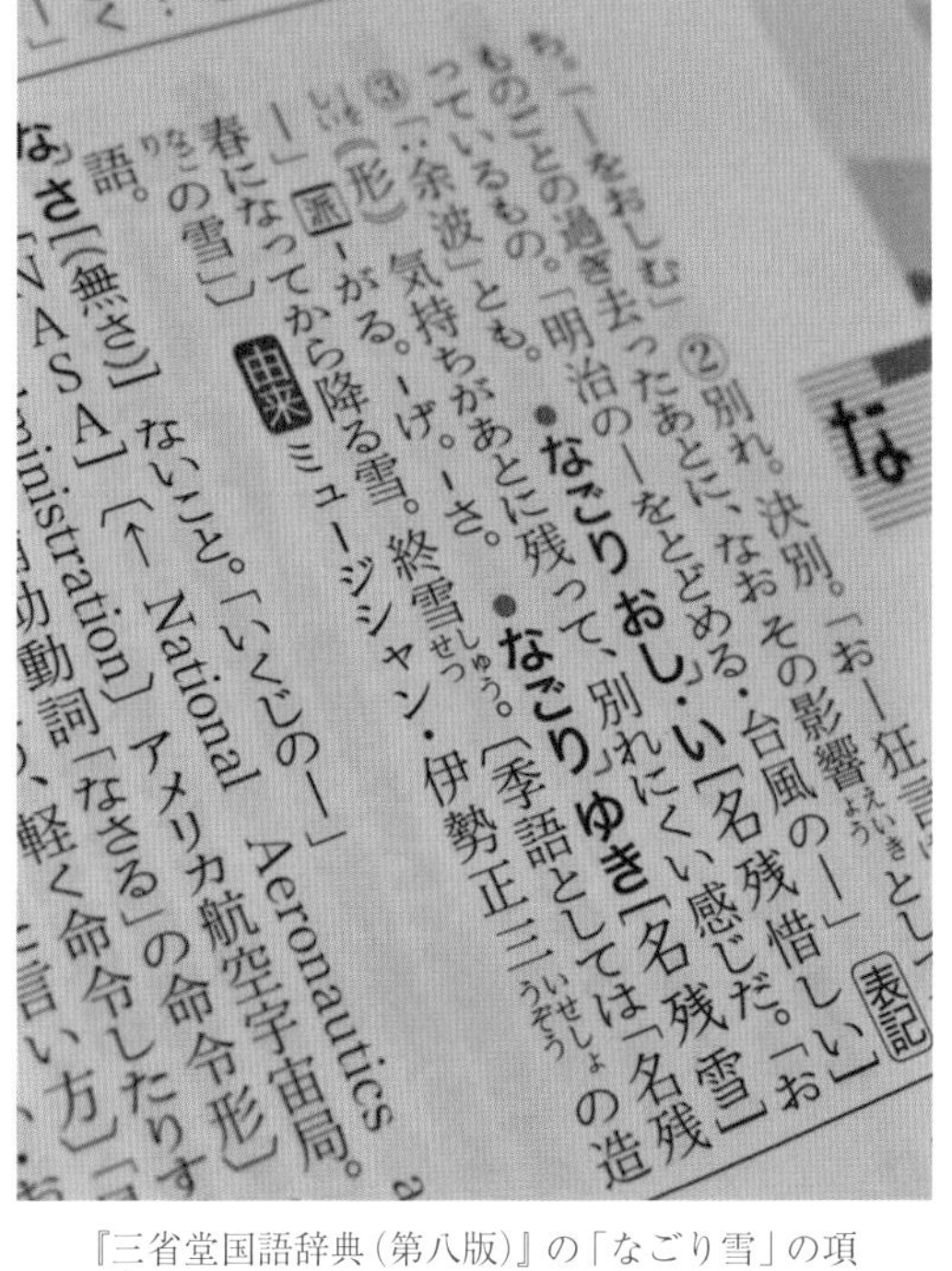
●なごりおし・い【名残惜しい】〔形〕気持ちがあとに残って、別れにくい感じだ。
●なごりゆき【名残雪】〔季語としては「名残の雪」〕春になってから降る雪。終雪。由来 ミュージシャン・伊勢正三の造語。

『三省堂国語辞典（第八版）』の「なごり雪」の項

「なごりゆき「名残雪」春になってから降る雪。終雪。【由来】ミュージシャン・伊勢正三の造語」

かつて世の知識人から非難を浴びた「なごり雪」という言葉が辞書に掲載された事実に、正やんはラジオのインタビューで聞き手の言語学者・金田一秀穂さんに次のように喜びを語った。

「辞書に載ったと聞いて本屋まで見に行きました。親が生きている間に見せたかった」

現在の JR 津久見駅ホーム

「なごり雪」といういかにも南国には似合わない言葉は、我々のふるさと・津久見で確かに生まれ、新しい言葉として日本国中に広まっている。その偉業は、生み出してくれた正やんの後に続く我々や子どもたちの輝く誇りであり、末永く語り継いでいくべきであろう。

新しい言葉を生んだ曲「なごり雪」の舞台・津久見駅のホームには今、「なごり雪」のメロディが流れ、建立された歌碑には正やんの思いが刻まれている。

「思えばあの日ここから僕の夢は旅立ったのです。ホームと言えば心の奥深くいつもこの景色があるのです」

令和六年（二〇二四）三月――国民的名曲「なごり雪」が誕生半世紀を迎える。孫子（まごこ）の世代まで歌い継いでいきたい。

## 伊勢正三さんとわたしとの出会い

五十数年前、わたしは急逝した父の後を継ぎ、二十代で歯科医院を開業しました。その数年後、津久見ロータリークラブに入会、会員は津久見を代表する錚々たる方々ばかり。最若年であるわたしは毎週の例会に大変緊張して出席していたことを思い出します。

ある日の例会で、津久見ロータリークラブ主催の「市民音楽祭」の開催が決まり、その実行委員長にわたしが指名されました。もともと、わたしはジャンルを問わず音楽が好きでしたから、何の抵抗もなく実行委員長を引き受けました。

わたしの高校時代は戦後十年ほど経ったころで、テレビは、画面の粗い白黒放送が始まったばかり、ラジオが主体の時代でした。当時、ラジオの深夜番組で旺文社の大学受験講座が放送されていました。わたしはこの番組を聴くためと父親にせがんでラジオを手に入れました。

当時は全国に米軍キャンプがあり、アメリカ兵が駐留、その駐留兵と家族向けに、山口県岩国基地にＦＥＮ（Far East Network・極東放送）というラジオ局があり、ジャズの生演奏がほとんど毎晩のように放送されていました。男性アナウンサーの「ファー・イースト・ネットワーク！」と高揚した声で始まるジャズ番組を夢中になって聴いたものです。受験講座はそっちのけで、すっかりジャズファンになりました。ジャズは、アフリカの人々のリズム、労働歌、祈りの歌、世界の民謡、クラシック音楽などの要素がアメリカ南部で混然一体化され生まれた音楽ということができます。わたしの音楽好きの原点はＦＥＮでのジャズにあります。

さて、ロータリークラブの市民音楽祭ですが、出演者も決まり、プログラムの印刷も出来上がって、準備万端整ったときでした。突然、わが家の玄関先に細身の学生服をきちんと着たすらりとした高校生がやってきました。凛々しいその姿は、いまでもわたしの脳裏に焼きついて離れません。

その高校生は自己紹介のあと、言いました。

「今度、市民音楽祭が開催されることを聞きました。ぜひ自分も参加したいと思い、お願いに上がりました」

この高校生こそ、あの伊勢正三さんだったのです。

わたしは大いに賛同。ロータリー会長以下役員の了承を取り付ける旨、約束しました。早速、会長宅に行き報告すると、

「もう時間割も決まり、プログラムも出来上がったいま、どうやって割り込ませるのか。日程を全部作り変えなければならんぞ。この場にいたって無理なことを言うな」

とのご託宣。難色を示したのです。会長がそう言えば、他の役員も同じ意見です。

わたしは途方に暮れました。そのとき、妙案がひらめいたのです。

「二部制の市民音楽祭、中間に三十分の休憩時間がある。この時間を全部彼に与えよう。実行委員長である自分の独断専行で行う。この行為に異議を唱えられ、後で揉めるようなことがあれば、わたしがロータリークラブを止めれば済むことだ」と。

かくて音楽祭の開催日。わたしは司会者にその旨を伝え、予定通り伊勢正三さんに登場してもらいました。トイレに立つ人は何人かいましたが、嬉しいことに、客席はほぼ満席のままだったと記憶しています。

終了後、会長からは「なかなか考えたのう。良かったぞ」との一言はありましたが、わたしは会長の意に反して、自分の思い通りに強行して良かったと安堵しました。

当時の関係者の方々やロータリークラブの会員は、皆さんすでに鬼籍に入られてしまい、このことを知っ

ている方は皆無となってしまいました。いいえ、伊勢正三さんとわたしの二人だけでしょう。この話は記録として残し、語り継いでいただきたいと思い、ここに記しました。

実は、伊勢正三さんの父君は陸士（陸軍士官学校）出身の秀才で、東洋一の石灰石採掘会社である津久見の戸高鉱業社の常務をされていました。やはり秀才で名高いご子息を東大に進学させようと大分舞鶴高校に入学させたと聞いております。ご子息が音楽の道に進んだことに一時は失望されたと仄聞していましたが、その後の活躍を見て納得されたことと思います。

五十数年前の市民音楽祭に出演したときの伊勢正三さん（右）の貴重な写真（河村和彦氏提供）

伊勢正三さんは、フォーク・グループ「かぐや姫」、フォークデュオ「風」のメンバーを経て、シンガーソングライターとなりました。彼が生まれ故郷の津久見で第一回のコンサートを開催したときに、

「今日は第一回のコンサートだが、実は自分が津久見で歌うのは二回目だ」

と、ステージで語ったと聞きました。きっと、遠い高校時代に市民体育館（現・津久見第一中学校体育館）で開催した市民音楽祭のことを忘れずに覚えてくれていたのだろうと思います。

そのときのステージで歌っている貴重な写真を河村さんより提供していただきました。五十数年前の写真です。

伊勢正三さんは日本を代表するミュージシャンになられ、今なお現役でご活躍されています。残念ながら、わたしは未だ再会を果たしておりませ

「伊勢正三コラボレーションライブ～津久見の子ども達と音楽交流」での伊勢正三さん（令和４年12月４日、津久見市民会館。なごり雪の会提供）

ん。彼はあの遠い昔のことを覚えていてくれたのです。一度お会いできたらと思っています。

先日、なごり雪の会の河村和彦さんを通じて、伊勢正三さんからメッセージが届きました。恐悦至極に存じます。

その節は大変お世話になりました。
この度の上梓、ぽめでとうございます。
有難く拝読させていただきます。

伊勢正三

# 漢詩を方言で意訳する

## 筧文雄先生の『漢語いろいろ』

漢詩の日本語訳については、拙著『漢詩雑話』で、目加田誠(めかだまこと)、土岐善麿(ときぜんまろ)、井伏鱒二、佐藤春夫、川合康三氏ら錚々たる方々の名訳を紹介しました。

先日、『漢語いろいろ』(岩波書店)という本を読んでいて面白い箇所を発見しました。まずは、ご紹介しましょう。立命館大学名誉教授の筧文雄(かけひふみお)先生の文章です。念のため申し添えますが、「長干の行(ちょうかんのうた)」は五言古詩下平七陽韻、「古別離」は五言古詩去声六御韻です。

大学で唐詩を講じた時に、『唐詩選』に収められた五言絶句を、学生の出身地の方言を使って口語訳せよというレポートを課した。

普段から学生の漢文力の低下を嘆いていた私は、正直なところ、あまり期待はしてなかったのだが、提出されたレポートの一つを見て、驚いた。京都弁によるみごとな訳に、私だけのものにするにはもったいないと考え、訳者である櫻井清華君の了解を得た上で、読者の皆さんにもそのうちの二首を紹介することにしたい。

京都弁になじみのない読者のために、原訳の一部を分かち書きし、注をつけた。

○崔顥(さいこう)「長干の行」

君 家 住 何 処　　君が家は何処(いずく)に住む

妾 住 在 横 塘　　妾は住んで横塘(おうとう)に在り
停 船 暫 借 問　　船を停(とど)めて暫(しばら)く借問(しゃもん)す
或 恐 是 同 郷　　或(あるい)は恐らく是れ同郷ならんかと

あんさん　どちらに住んではるの
うちは横塘に住んでます
船停(と)めて　ちょっとおたんね　しますんやけど
ひょっとしたら　田舎いっしょや　おへんのやろか

長干は、現在の南京に近い長江の港町。横塘は、長干の中の地名。
おたんね＝お尋ね

○孟郊「古別離」

欲 別 牽 郎 衣　　別れんと欲して郎の衣を牽(ひ)く
郎 今 到 何 処　　郎は今何処(いずく)にか到る
不 恨 帰 来 遅　　帰り来たることの遅きは恨みざるも
莫 向 臨 邛 去　　臨邛(りんきょう)には去(ゆ)くこと莫(な)かれ

さいならする時　うち　あんさんの袖(そで)引いて　言うた

あんさん　何処に行かはるつもりや
帰りが遅なるんは　しゃあないけど
臨邛の街にだけは　行ったら　いやえ

臨邛は、漢代の美女卓文君が生まれた四川省の町の名。ここでは暗に色町を指す。しゃあない＝仕方がない。

## 「詩翁」の方言訳に挑戦

これは面白い試みだと思いました。自作の詩でこの手法を使って、方言で訳したらどうなるだろうと、「詩翁」の一首でやってみました。まずは原詩と標準語訳から……。

詩　翁

八十齢加レ二
吟レ詩拙自知
幾何佳作有
倚レ几一狂癡

（上平四支韻）

麟涯　近藤俊彦

八十の齢二を加うるも
詩を吟じて拙なること自ら知る
幾何ぞ　佳作有らん
几に倚る　一狂痴

［標準語による意訳］

八十二歳になっても
詩を作っているが　拙いことは自分でもわかる
佳作と言えるのはどのくらいあるのだろう
それでも机に向かう愚か者よ

＊

まず、わたしの知人である菊池春樹さんに岩手弁で訳していただきました。菊池さんは昭和五十年（一九七五）、岩手県北上市生まれで、平成九年（一九九七）筑波大学卒。現在は東京成徳大学の准教授をなさっておられます。

岩手県といえば、「雨ニモマケズ」の宮沢賢治を思い浮かべます。わたしの岩手弁の印象は、イントネーションが穏やか、さらに言葉の終わりが丁寧な感じなので、優しく聞こえるということです。東北、陸奥（みちのく）と聞くと、何となく郷愁に駆られるのは、わたしだけでしょうか。

［岩手弁による意訳］

八十を二つ　こえだどこだ
詩づくりでーげーと　まんず　うまくできねー
うまぐ　いぐのあるが
だっけ　机に向がう　でぐのぼうーあるが

＊

わたしの甥が子供のころから大の大人になるまでお世話になっている「アンちゃん」という方が、東京の墨田区にお住まいです。わたしはアンちゃんのお父さんと懇意にしていました。アンちゃんは何代か続いた江戸っ子で、牛嶋様・神田明神・浅草の三社祭りで活躍された方です。江戸っ子弁訳をお願いしましたら、返信メールをいただきました。

「オイラ江戸っ子じゃありやせん。両親とも江戸の生まれでしかも三代続かないと……。それに本来の江戸っ子は『城内』であって三十六ヵ所の御門内（半径四キロ内）と記憶しています。千代田・中央・港・文京区（港・文京区はほんの一部）なので隅田・台東区は入ってない。江戸の天下祭りは山王・神田・根津神社。これが江戸の三大祭りです。深川は城内に入らず、浅草の三社は江戸城外の祭りです」

ということで、東京の下町弁で訳してもらいました。やはり粋でいなせですね。

［東京の下町弁による意訳］

八十二歳　いい年こいて
詩なんぞ　こさえちゃぁいるが　ぶきっちょなこたぁ　手前（てめえ）でもわかってらぁ
傑作といえるやつぁ　どれくらいあったんだろうか
ところがどっこい　机ぇ進む　愚にもつかねえ者（もん）よ

＊

浅草雷門

関西在住の友人に訊いてみました。大阪は天王寺にお住まいの「ごりょんさん」の大阪弁訳です。優しくて柔らかでうっとりするような雰囲気があります。「はんなり」というのは、こんな調子をいうのでしょうか。

［大阪弁による意訳］

八十二にも　なってしもうて
うちが作ってる漢詩が下手くそやって　自分でも　ようわかるわ
ほんまに　ええ詩ゆうたら　どんだけあるんやろ
そない思うても 机にばっかり向こうて　アホとちゃうのん

＊

わがふるさと大分弁も紹介しましょう。大分弁は一般的な九州弁に比べるとちょっと粗くて特異な感じがします。愛媛県、山口県、広島県、岡山県などに似たところがあります。大分県は瀬戸内海の西端に位置し、いわゆる瀬戸内文化圏の一環です。私見ですが、瀬戸内海を中心に暴れた「村上水軍」の影響もあるようです。

［大分弁による意訳］

八十二にも　なっちしもうち
漢詩ちゅうもんを作っちょるけんど　下手じゃちゅうこたぁ俺でんわかちょらぁ
今までぃ　どんくりぃ　良うでけたんが　有るんじゃろうかのう
それでん　机ぇー向こうちょる　あほんだれじゃ

＊

佐賀県の漢詩友達である髙島蘭泉さんの友人の方にもお願いしました。佐賀弁で「ざっとなか」は「簡単ではない。楽ではない。大変だ」という意味だそうです。

【佐賀弁による意訳】

八十二歳にも　なったばってん
まだ詩ば作いよーっとよ　ばってん　ざっとなかー
自分でも　よーわかっとっとー
よか作品は　どがしこ　あっとやろかね
そいばってん　机に向こうとる　愚か者ばい

＊

わたしの掛かりつけ医は永松徳和先生（津久見クリニック院長）です。先生は昭和二十二年（一九四七）、長崎県佐世保市生まれ。長崎大学医学部を卒業。縁あって津久見で開業されました。同じ長崎県でも佐世保市と長崎市とでは、言葉もかなり違うとのこと。先生が学生時代に、長崎市で地元のさる女性から教えてもらったという方言歌を披露してもらいました。この歌は高峰三枝子の歌った「湖畔の宿」の替え歌で、レコード化もされたそうです。

貴方(おうち)ゃ　よかときゃ何んち言うたへー
帯もこうちゃる　着もんもこうちゃる
たまにゃ　映画(かつどう)も連れて行くー
そげん言うとって　うちばだますとへー

そげでん　わたしゃ　まだ　あんたば好いとっとたい

わたしにも長崎弁についての懐かしい思い出があります。「長崎おくんち」へ慰安旅行に行ったとき、観光バスのガイドさんから聞いた話です。

ある人が乗合バスに乗ると、車中はかなり混んでいた。中年の御婦人が二人がけの客席の窓側に座り、通路側の席に荷物が置いてある。この席は誰かのために確保しているのかどうか、乗客が御婦人に聞いた。

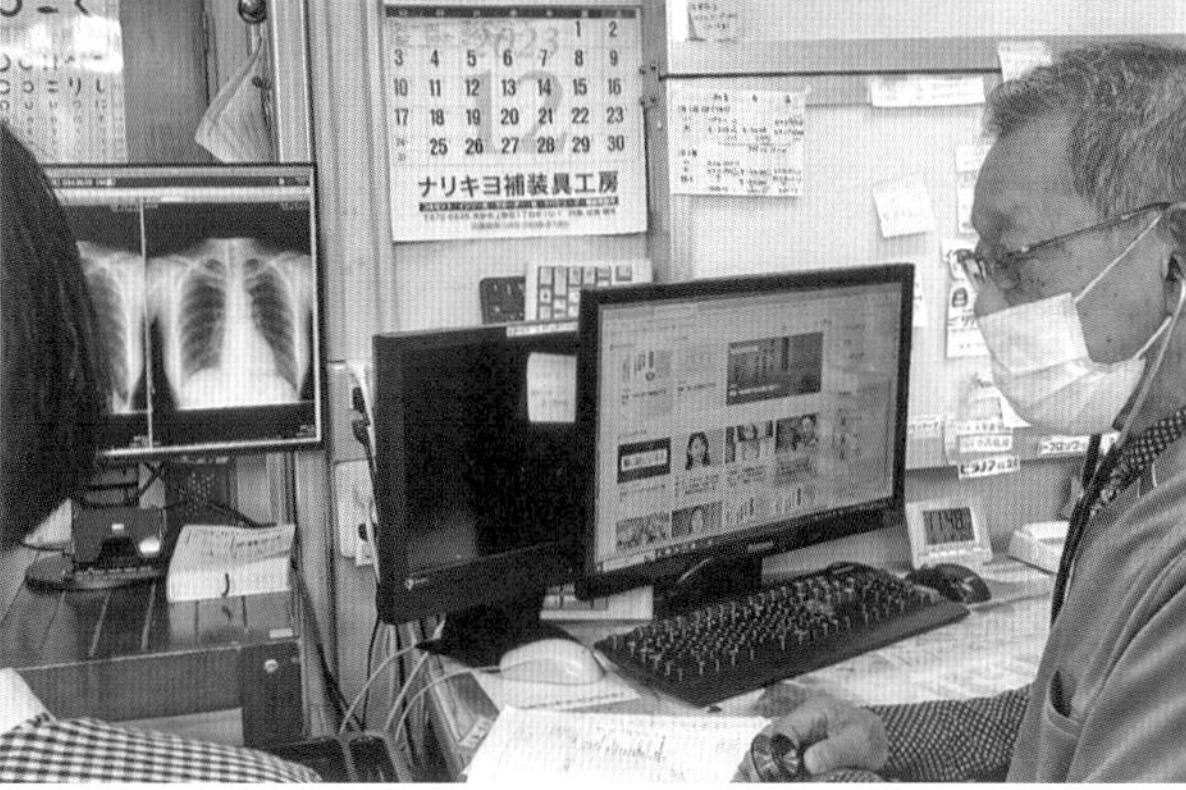

津久見クリニック院長・永松徳和先生

乗客「とっとっと（↗）」
婦人「とっとっと（↙）」
この会話の意味がわかりますか。
乗客「この席は（誰かが）取っているのですか？」
婦人「取っています！」
長崎弁の特徴を端的に表した話で大受けしました。

さて、長崎弁の予習ができたところで、「詩翁」の長崎弁訳です。

[長崎弁による意訳]

八十二にまで　なっちしもうても
漢詩ば作っとっちゃけど　自分でん下手ちこつは　知っとっとけど
今まで　うもうでけた歌はあるちゃろかねー
そいでん　一日中　机ん向こうてばっかいで　あんたさんは　阿保ちゃ

うんか？

＊

本書に「琴弦詩人論」を執筆していただいた平岡豊氏には博多弁をお願いしました。

福岡市は、九州の中心をなす大都市で、江戸時代は武士の町「福岡」と商人の町「博多」に分かれていました。それが統合されて福岡市になったのですが、ＪＲの駅名は「福岡」ではなく「博多」であることでも、博多の繁盛ぶりや勢いのよさをうかがうことができます。

博多弁は、ちょっと小粋で歯切れがよく、しかも上品なところも併せもち、九州を代表する方言といっても過言ではありません。博多弁訳にあたって、平岡氏よりコメントをいただきました。併せて、ご紹介します。

『漢詩雑話』に続き、この度は『漢詩連れづれ』を出版され、出版元海鳥社ゆかりの「博多」にご縁が深くなったと嬉しく思っております。ご著書と博多を寿ぎ「博多弁」戯(ざ)れ歌を、ご高覧に供する次第です。酒席でのご座興ともなれば幸いです。

【博多弁による意訳】

八十寿を　ふたぁつ超えたくさ　バッテン
漢詩が下手ちゃあ　知っとーと　バッテン
ちょこっとは　良かともあるやろもん　ナカナカ
（良かごたぁ雅号ももろうたバイ）
そいで

まじめに詩づくりしょーと　タイ
たいが出てくりゃ　めでたいたい
バッテンもろても　良かたいたい
酒が旨けりゃ　良かろうもん
よかよかよかよか　よかろうもん
詩翁が酒翁になっとっとバイ

博多松囃子・稚児行列（福岡市提供）

# わが友、わが子、わが身

## 友との永訣

大学入学時の同級生五十八名中、二十八名が他界しました。若かったころの楽しかった思い出が髣髴として、胸が痛むばかりです。また、ついこの前に共に語り酒を酌み交わした友人がこの世を去るということも多くなりました。この老いたるわが身を思うと、どうすることもできない人生の無常感にとらわれます。

哭二良友一　　麟涯　近藤俊彦

詩酒歡談夕
又聞朋化レ仙
浮世正朝露
何奈恨綿綿
（下平一先韻）

詩酒（ししゅ）　歓談（かんだん）の夕（ゆう）
又聞（またき）く　朋（とも）の仙（せん）と化（か）すを
浮世（ふせい）　正（まさ）に朝露（ちょうろ）
何奈（いかん）ぞ　恨（うら）み綿々（めんめん）たるを

［意訳］詩と酒とで　歓談した夕べ
また友の訃報を聞く
はかない人生は　正に朝の露のようだ
この悲しみの複雑な心境をどうすればよいのだ

詩酒　詩と酒と
歡談　うちとけて話し会う
化仙　仙人となる。亡くなる
浮世　はかない生命・人生
朝露　朝におりる露。転じて、はかないもののたとえ
恨　恨み、怒り、悲しみなどが渾然一体となった気持ち
綿綿　長く続いて絶えないさま

この詩に対する濱先生の感想です。「詩酒歓談の夕に接して吟じた詩で、正に万感去来の詩です」

悼二詩朋一　　麟涯　近藤俊彦

久闊尋レ朋已九泉
満庭荒草有レ誰憐
浮世無常眞一夢
空餘遺稿涙潸然

（下平一先韻）

久闊朋を尋ぬれば　已に九泉
満庭の荒草　誰有ってか憐れまん
浮世無常　真に一夢
空しく余す遺稿　涙潸然たり

［意訳］久しぶりに友を尋ねて行けば　友は既に亡き人
庭一杯の荒れ草は　誰がいつくしむのだろう
人の世とは定めの無いもの　本当に一夜の夢だ
友の書き残した詩を見て　涙がはらはらと落ちる

［濱先生感想］久闊の親友が黄泉の人。実に深刻な詩です。

久闊　久しぶり
九泉　あの世。大地の底
憐　いつくしむ
浮世　人の世の中
無常　定めがない
餘　のこす
遺稿　故人が書き残した詩や文章の下書き
潸然　さめざめと涙の落ちるさま

## わが子

自分の子供を責めて嘆く、人類始まって以来繰り返されたことです。

嘆二吾子一　　　　麟涯　近藤俊彦

旁若無人風馬牛
恣睢専擅正多レ尤
老知萬事不レ如レ意
無レ奈茫然搔二白頭一
（下平十一尤韻）

旁若無人(ぼうじゃくぶじん)　風馬牛(ふうばぎゅう)
恣睢専擅(きすいせんせん)　正(まさ)に尤(とが)多(おお)し
老(お)いて知(し)る万事(ばんじ)　意(い)の如(ごと)くならざるを
奈(いかん)ともする無(な)く茫然(ぼうぜん)として白頭(はくとう)を搔(か)く

旁若無人　傍らに人無きが如き振る舞い
風馬牛　無関係
恣睢　自分の思うまま振るまって人の言うことを聞かない
専擅　したい放題
尤　あやまち
萬事　すべてのこと。あらゆること
不如意　思うようにならない
茫然　気抜けしてぼんやりしている

［意訳］傍若無人　どこ吹く風
やることなすこと勝手放題　正に過ちばかり
年取って分かったよすべてのことが　自分の思うようにはならないと
どうすることもできずに茫然として　白髪頭を搔くばかり

［濱先生感想］変幻自在の漢詩に驚きました。実に巧みに詠じた佳作です。

さて、陶淵明に「雑詩其六」という詩があります。この詩の内容は「子あるも金を留めず」ということです。

雑詩　其六　　　　陶淵明

昔聞二長老言一

昔(むかし)長老(ちょうろう)の言(げん)を聞(き)けば

掩レ耳毎不レ喜　　耳を掩うて　毎に喜ばず
奈何五十年　　奈何ぞ　五十年
忽已親二此事一　　忽ち已に　此の事を親せんとは
求二我盛年歡一　　我が盛年の歓を求むること
一毫無二復意一　　一毫も　復た意無し
去去轉欲レ速　　去り去りて　転た速かならんと欲す
此生豈再値　　此の生　豈に再び値わんや
傾レ家持作レ樂　　家を傾けて　持って楽しみを作し
竟二此歳月駛一　　此の歳月の駛するを竟えん
有レ子不レ留レ金　　子有るも　金を留めず
何用身後置　　何ぞ用いん　身後の置を

［意訳］若いころは長老の小言を聞くと　耳を覆って聞かないようにしたものだ
それが五十年経ってみれば　自分自身がかつての長老と同じことをやっている
若いころの楽しみを求めることは　今となっては全くなく
月日はますます速く過ぎ去り　人生も終わりに近づき二度と繰り返しはできない
全財産をなげうって楽しみ　馬のように走り去って残りの歳月を過ごそう
子供があっても金は残すまい　ましてや自分の死後のことなど考えるのは止めた

西郷隆盛は「児孫のために美田を買わず」と詠じましたが、陶淵明は実に千六百年も前にこの詩を詠じています。さて、このわたしは、もう繰り言をいうのは止めにして、陶淵明の詩と西郷隆盛の詩を反復読むことにしようと思います。

感慨　南洲　西郷隆盛

幾歴二辛酸一志始堅　幾たびか辛酸を歴て　志始めて堅し
丈夫玉砕愧二甎全一　丈夫玉砕して　甎全を愧ず
我家遺事人知否　我が家の遺事　人知るや否や
不下為二児孫一買中美田上　児孫の為に美田を買わず

［意訳］幾度かの辛酸をなめて　志は初めて堅固なものとなる
男子たるもの玉砕しても　無傷の瓦のように生きながらえることは恥ずべきものだ
我が家の遺訓を　人は知っているだろうか
児孫の為に美しい田畑を買って残さないことである

最後に、わが子たちに陸游の詩を示しておきます。

示児　陸游

文能換レ骨餘無レ法　文は能く骨を換うれば　余に法無し

---
文　詩と文章
能　能く～する

學但窮レ源自不レ疑
齒豁頭童方悟レ此
乃翁見レ事可レ憐レ遲

（上平四支韻）

学は但だ源を窮めて　自ら疑わず
歯は豁く頭は童にして　方めて此を悟る
乃翁事を見ること　遅きを憐れむべし

［意訳］詩文は古典から新しきものを生み出す他に　方法はない
学問は根本をきわめるということ以外に　疑いを持たぬことだ
歯も抜け頭も禿げて　これらのことをやっと悟った
この父はこうしたものの道理が分かるのが遅くてわるかったな

換骨　古人の詩や文を作り変えて工夫すること。因みに「換骨奪胎」とは「先人の詩文の作意や形式を生かしながら、新しい工夫を加えて独自の作品にすること」を意味します

餘　ほか。以外。その他の

乃翁　われ。父がわが子に対していう自称

憐　気の毒に思う。あわれむ。おしむ

陸游（りくゆう）

# わが身

「老大」とは「年をとる。老人になる」の意です。

少壮不二努力一　少壮にして努力せずんば
老大徒傷悲　老大にして徒に傷悲せん

と言われています。また、「老來」という詩語もあり同じ意味です。杜甫は「人世七十古来稀なり」と詠じましたが、千二百数十年たった現在では「人世百年如今常なり」の時代となりました。

春遊懐古　　麟涯　近藤俊彦

山月清輝碧水流　山月清く輝き　碧水流れ
酒樽肴足酔二江楼一　酒樽肴足りて　江楼に酔う
詩情頻促難レ成レ句　詩情頻りに促すも　句成り難し
不レ帰二盛年一已白頭　盛年帰らず　已に白頭
（下平十一尤韻）

〔意訳〕山の端の月は清く輝き　深く水をたたえた川は流れ
酒と肴も十分で　川の畔の料亭で酔ったものだ
詩を作ろうという気持ちは十分あったが　なかなかできなかった

碧水　深く水をたたえた川
詩情　うたごころ。心に触れた思いを表したいと思う心持ち
盛年　血気盛んな年ごろ。若いとき。青年
白頭　白髪頭

あの若い頃は帰って来ず　今はもうこんな白髪頭になってしまっている

［濱先生の感想］　往時の春遊を回顧した珍しい詩です。

八十二歳の誕生日を迎えて、自分の人生を振り返り詠じた一首です。七言律詩に挑戦しました。

半生考

受レ親身體正縱橫
年少飛揚去就輕
往昔堂堂傾二濁酒一
如今默默啜二香羹一
嘗研二特技一起開レ業
尚在二塵中一依計レ生
明日難レ知將レ至レ老
白頭何以慰二吾情一

（下平八庚韻）

麟涯　近藤俊彦

親（おや）に受（う）くる身体（しんたい）　正（まさ）に縦横（じゅうおう）
年少（ねんしょう）飛揚（ひよう）して　去就（きょしゅう）軽（かろ）んず
往昔堂々（おうせきどうどう）　濁酒（だくしゅ）を傾（かたむ）け
如今黙々（じょこんもくもく）　香羹（こうこう）を啜（すす）る
嘗（かつ）て特技（とくぎ）を研（みが）き　起（た）って業（ぎょう）を開（ひら）き
尚（な）お塵中（じんちゅう）に在（あ）って　依（よ）って生（せい）を計（はか）る
明日（みょうじつ）知り難（がた）く　将（まさ）に老（お）いの至（いた）らんとし
白頭何（はくとうなに）を以（もっ）て　吾（わ）が情（じょう）を慰（なぐさ）めんや

［意訳］　親に貰ったこの身体　本当に気ままにやってきた
若いころには飛び上がり　進退のことなど考えもしなかった

縦横　自由自在。思いのまま
年少　若いころ
飛揚　舞い上がる
去就　進退
往昔　むかし。過去
堂堂　人前を恥じることがないさま
如今　いま。現在
默默　物も言わず黙っているさま
香羹　野菜の汁。味噌汁
尚　なお。それでもまだ
塵中　俗世間のなか
白頭　白髪頭

むかしは人前もはばからず　濁り酒を呑み
今は黙々と　味噌汁を啜っている
嘗ては特技を研き　独立して開業し
いまもなお俗世間に在って　この業に頼って生きている
明日のこともわからないのに　老いぼれてしまい
この白髪頭でどのようにして　自分の心を慰めればよいのだろう

［濱先生の感想］老齢の開業医の将来を苦慮された力作です。感銘を受けました。

## 偶成

麟涯　近藤俊彦

習習薫風涼意盈
圍棊對坐樂二餘生一
客辭何事莫二人訪一
老大無聊酒獨傾

（下平八庚韻）

習々たる薫風　涼意盈ち
囲棋対坐して　余生を楽しむ
客辞して何事ぞ　人の訪う莫く
老大無聊　酒独り傾く

［意訳］そよそよと穏やかな初夏の風が吹き　涼しさが一杯
囲碁の対局をして　余生を楽しんでいる
客人がかえってからは　どうしたことか　訪ねてくる人もなく
老人はすることもなく　酒を一人で飲んでいる

習習　風のそよそよと吹くさま
薫風　穏やかな初夏の風
涼意　涼しさ
圍棊　囲碁
餘生　残り少ない命
何事　どうしたこと
老大　年をとる
無聊　たいくつな

唯だ逐う白雲の大空を過るを

## 老來有レ感　　麟涯　近藤俊彦

星霜八十愧レ無レ功
榮辱人世一夢中
老翁何問往時事
唯逐白雲過二大空一
（上平一東韻）

星霜八十　功無きを愧ず
栄辱の人世　一夢の中
老翁何ぞ問わん　往時の事
唯だ逐う白雲の　大空を過るを

［意訳］星霜の八十年
わが功績の無いことを愧じている
名誉と恥辱のこの世は
一夜の夢のようであった
この歳になっていまさら
過ぎ去ったことを
どうして問うことをしようか
ただ大空をよこぎる白雲を
じっと見送るだけである

---

星霜　年月。歳月。星は天を一年で一周し、霜は毎年降るのでいう
功　功績
榮辱　名誉と恥辱
人世　世の中。世間
老翁　おきな。年寄り
往時　過ぎ去ったこと
白雲　ここでは老から死へと時の流れに押し流されてゆく人間の姿を象徴したものとしての意の「白雲」

# 禹域に思う

# コロナ禍を嘆く

漢詩の国、中国を旅するたびにいつも何か得るものがあります。ところが、世界中に新型コロナウイルス感染症が蔓延、中国どころか国内でも自由に出歩くこともできなくなりました。自然と家に籠って読書か漢詩作りです。

中国を発生の源とする新型コロナウイルスは、オミクロンという変異株まで出しました。コロナ禍を嘆く詩です。

嘆二疫病一　　麟涯　近藤俊彦

如レ潮新樹緑陰稠
盡日閑居正惹レ愁
病毒蔓延揮二猛勢一
茫然坐見夕陽收
（下平十一尤韻）

潮の如き新樹　緑陰稠きも
尽日閑居して　正に愁いを惹く
病毒蔓延して　猛勢を奮い
茫然坐して見る　夕陽の収まるを

稠　多い
盡日　一日中。終日
惹　ひく。惹きつける
病毒　ここではコロナウィウスをいう
茫然　ぼんやりしたさま
收　沈んでゆくさまをいう

［意訳］潮のように若葉は燃え　緑陰は多いが
一日中家の中に籠っていて　気持ちは愁い沈んでしまう
コロナが蔓延して　猛威を揮い

ぼんやり坐して沈みゆく夕陽を眺めている

## 中国旅情

コロナ禍による緊急事態宣言が延長され長引くと、楽しかった中国旅行のことを思い出します。もう、数年も前のことですが、蘇州や恵山に遊んだときに、北京ダックや上海蟹を紹興酒で心行くまで味わったことなどは忘れられません。もう一度中国に旅したいと思い続けています。

恵山運河卽事　　鱗涯　近藤俊彦

兩岸延延千條柳
晴川歷歷一艘舟
緩歌慢舞聽二絲竹一
照レ浪紅燈江上遊

両岸延々　千条の柳
晴川歴々たり　一艘の舟
緩歌慢舞　糸竹を聴き
浪を照らす紅灯　江上に遊ぶ

（下平十一尤韻・踏み落し）

［意訳］両岸に延々と続く　柳やなぎ柳
晴れ渡った川面に一艘の舟
ゆったりとした歌と優雅な舞　琴と笛の音を聴きながら
ランタンは波を照らして　川舟で遊ぶ

---

卽事　その場のことを題材として詩を作ること
延延　長く連なっているさま
千條　多くの枝
晴川　水面が晴れ渡って遠くまで見られる川
歷歷　はっきりしているさま
緩歌　ゆっくり歌う
慢舞　緩やかに舞う
絲竹　弦楽器と管楽器
紅燈　紅い灯。歓楽街の「赤い灯」は和習

惠山運河

北京ダックの調理

この「惠山運河卽事」の詩は、わたしにとって初めての「踏み落し（押し落し）」です。七言絶句で、起句と承句を対句にして起句の七字目で韻を踏まない場合をいいます。したがって、韻を踏むのは承句と結句の七字目の二か所です。「踏み落し」にすると意外と洒落た詩を作ることができることに気がつきました。

禹域客夜

上海紅街暮炫煌
二胡琴韻意軒昂
燕京肴足紹興酒

麟涯　近藤俊彦

上海（しゃんはい）の紅街（こうがい）　暮（くれ）には炫煌（げんこう）
二胡琴韻（にこきんいん）　意軒昂（いけんこう）たり
燕京（えんけい）の肴（こう）は足（た）る　紹興（しょうこう）の酒（さけ）

---

禹域　中国の別称
客夜　旅の夜
紅街　繁華街
炫煌　煌き耀くさま
意　気持ち。思い
軒昂　高く上がること。意気盛んなさま

**雖レ老 三 杯 塵 念 忘**　　老いたりと雖も三杯　塵念を忘れん

（下平七陽韻）

［意訳］ 中国の繁華街　夕方には　灯りがきらめく
二胡と琴の調べに　自然と気持ちはたかぶる
燕京の肴は十分に足りて　紹興酒もよし
年取ったと雖もぐいぐい飲んで　塵念を忘れるとしよう

この詩に対して、三涯先生より「中国の風情に満ち溢れた詩です。転句はうまく詠じています」とのコメントをいただきました。

## 桃花源記と巫山の夢

わが家の目の前に宮山という小高い丘があります。窓を開けて涼しい風を部屋いっぱいに入れながら昼寝をするのも夏の日の楽しみです。

最近は漢詩の本や中国ものの本をよく読むからでしょうか。昼寝で、中国の伝説や故事などの話を夢に見ることがあります。これを七言律詩に取り込んでみたのが、次の一首です。

燕京肴・紹興酒　中国では酒肴として最高級のものと並び称された

塵念　世俗を思う心。塵心。俗界のけがれた心

上海の紅街　暮には炫煌

まず、夢の話から……。

一つは、陶淵明の「桃花源記」です。有名な出だしの部分を記します。

晋太元中、武陵人捕㆑魚爲㆑業。　晋の太元中、武陵の人　魚を捕らふるを業と為す。

縁㆑溪行、忘㆓路之遠近㆒。　渓に縁りて行き、路の遠近を忘る。

忽逢㆓桃花林㆒。　忽ち桃花の林に逢う。

夾㆑岸數百歩、中無㆓雜樹㆒。　岸を夾むこと数百歩、中に雑樹無し。

芳草鮮美、落英繽紛。　芳草鮮美、落英繽紛たり。

漁人甚異㆑之。　漁人甚だ之を異しむ。

復前行、欲㆑窮㆓其林㆒。　復た前行して、その林を窮めんと欲す。

林盡水源、便得㆓一山㆒。　林尽きて水源あり、便ち一山を得たり。

山有㆓小口㆒、髣髴若㆑有㆑光。　山に小口有り、髣髴として光有るが若し。

便捨㆑船從㆑口入。　便ち船を捨てて、口従り入る。

このように話は始まります。その小さな穴を抜けると突然広い土地に出て、村人たちはきちんと整理された田畑で働いている。村人たちは漁師を歓迎し、鶏の肉や酒でもてなします。彼らは秦の時代に戦乱を避けて、この土地へ移住し、外界と隔絶して生活し、漢の時代や魏や晋の時代があったことを知らない。漁師は数日間、この村に滞在して帰ります。そのときに、村人に言われます。「ここのことは絶対に言わないように」と。

漁師は、船で帰るときに目印をつけながら帰り、太守へ報告します。この桃源郷を探しに後から他の人が行きますが、とうとう探し出すことはできなかった、という話です。

さて、もうひとつの話は、「巫山の夢」として有名な話です。

楚の国の懐王が高唐に遊び、夢の中で巫山の神女と契ります。神女が去るに臨んで、「妾は巫山の陽、高丘の岨に在り、旦には朝雲となり、暮れには行雨となる」と言って立ち去ったという故事です［戦国楚、宋玉、高唐賦］。

これを、頷聯と頸聯に対句で入れて七言律詩を作りました。対句作りに大変苦労したのですが、さらに苦労したのが添削していただいた濱先生でしょう。詩箋が真っ赤になって戻ってきました。お蔭さまで、ここに披露できるようになりました。

題して「夏日晝夢」。

夏日晝夢

碧樹影濃天宇晶
山房午睡臥涼棚
夢看漁父鮮魚味
醉語邑人鷄酒傾
欹枕朝雲神女囁

麟涯　近藤俊彦

碧樹影濃やかにして　天宇晶らかに
山房の午睡　涼棚に臥す
夢に漁父を看て　鮮魚味わい
酔うて邑人と語り　鶏酒傾く
枕を欹つれば朝雲　神女の囁き

---

碧樹　緑色の樹
天宇　大空
山房　山の家・書斎
午睡　ひる寝
臥　横になってねる
涼棚　涼み台
漁父　漁師
邑人　むらびと
鷄酒　鶏の肉と酒

轉レ眸暮雨楚王聲
遠雷收束覺醒裡
月色玲瓏萬感生

眸を転ずれば暮雨　楚王の声
遠雷収束す　覚醒の裡
月色玲瓏　万感生ず

（下平八庚韻）

［意訳］緑の木々の影は濃く　大空は明るい
　山荘の涼み台に横になって昼寝する
夢に漁師をみて　新鮮な魚を味わい
村人のもてなしで酔って語りあい　鶏の肉と酒をいただく
枕をそばだててみると朝の雲に　神女の囁きが聞こえ
目を転ずると夕暮れの雨の中に　楚王の声がする
遠くで鳴っていた雷もやみ　目を覚ますと
月は冴え冴えとして美しく　いろいろな思いが交錯する

---

楚王　楚の国の王
遠雷　遠くで鳴る雷
收束　おさまる
覺醒　眼がさめる
月色　月のおもむき
玲瓏　玉のように光り輝くさま。さえざえとして美しいさま
萬感　さまざまな思い

# 四季折々の詩
# 自作選

# 漢詩と俳句

この章は、わたしの詠じた四季折々の漢詩を集めました。懐かしくもあり、恥ずかしくもありといったところです。

漢詩と俳句は詩形こそ違え、どこか相通ずるところがあるとは以前から思っていました。

私見ですが、俳句も漢詩も自分の心の思いを具体的なものに託して詠ずることによって、あとは読み手の想像に委ねるところに共通点があるのではないか。そうだとすれば、漢詩と俳句とを対照させてみてはどうだろう。わたしの作った漢詩を題材にして俳人に発想を馳せてもらい俳句を詠じていただければ、また趣のかわった世界を醸し出せるのではなかろうか。このように考えたのが、この章の構成の端緒です。

早速、津久見市在住の佐藤和子（俳号・佳津(かづ)）さんにお願いし、やっと引き受けていただきました。佐藤和子さんは、この道三十数年、倉田紘文(くらたこうぶん)先生の結社に入門され、すでに幾多の俳句を詠じておられる才媛です。角川書店発行の『ふるさと大歳時記7』に「曼珠沙華花の終れば風の道」の句が登載されています。

倉田紘文先生（昭和十五～平成二十五年：一九四〇～二〇一四）は、大分県杵築(きつき)市出身。高野素十(たかのすじゅう)に師事。その後「蕗(ふき)」を創刊、主宰。別府大学名誉教授。ＮＨＫ俳壇の選者も務められた日本俳壇の第一人者でした。

## 春

令和四年（二〇二二）の新春を迎えてもコロナ禍は収束せず、もう三年も顔を合わせていない詩友のことを思いました。連絡は専ら電話、手紙、メール。やはり友人とは対面して話すことが一番意志の疎通をはかることができます。漢詩で詩友に呼びかけた一首です。

寄二詩友一

友誼幾年無レ限情
倶憐鬢髪白銀生
會心新作賞春句
君詠二桃花一吾賦レ櫻

（下平八庚韻）

友誼幾年ぞ　限り無きの情
倶に憐れむ鬢上　白銀の生ずるを
期す可し新作　賞春の句
君は桃花を詠じ　吾は桜を賦さん

友誼　友達のよしみ。友情
鬢髪　びんの髪。髪の毛。頭髪
白銀　白金、銀の意から転じて白髪のことをいう
會心　心にかなって満足すること
賞春　春をほめたたえる
詠　詩歌を作ること。うたう
賦　詩歌を作ること。詩歌をととのえる

［意訳］我々の友情は何年になろうか　お互いを思う気持ちに限りはないなあ
いつの間にか同じように鬢の毛は白くなってしまったけどね
今度の新しい詩は春を称えた新しい詩を作ろうな
君は君の好きな桃の花を詠じたまえ　僕は桜の花の詩を賦すよ

桃花発（ひら）く

人生にまだある余白桃の花　佳津
ひとところ山気やはらぐ初桜　佳津

早春の詩には、寒さの中に凛として咲く梅の花が詠まれます。梅の花は、孤高な精神の表出として、また閑雅隠逸の花としての存在なのです。

早春溪邊

習習東風鳥聲頻
澗溪處處發梅彬
唯愁遠隔人寰地
却喜年中無俗塵

（上平十一真韻）

習々たる東風鳥声頻りに
澗渓処々　梅発いて彬かなり
唯愁う遠隔　人寰の地
却って喜ぶ　年中俗塵の無きを

［意訳］風はそよそよ　鳥の声は頻りに
谷川の至る所には　梅が咲いて春が並びととのう
ただ心が傷むのは　ここが人里遠く離れたところであること
しかし今年も浮世のけがれのないことを喜ぶことにしよう

飛石はこころの歩巾梅見茶屋　佳津

習習　風のそよそよと吹くさま
東風　春風
澗溪　谷川
處處　至るところ
彬　並び備わる
遠隔　遠く隔たる
人寰　人の住むところ。人里。人境
却　かえって。逆に。また。さてその時は。さて今度は。振り返って。なんと。（また、動詞のあとにつけて、その意味を強める助字）「～し終わる」。「～してしまう」の意を示す
俗塵　浮世のけがれ

雪中寒梅

殘雪皚皚絶俗塵

残雪皚皚　俗塵を絶ち

殘雪　春になっても消えずに残っている雪
皚皚　真っ白なようす

幽庭寂寞四望新
初鶯聲裡無二人訪一
數點梅花獨占レ春

（上平十一真韻）

幽庭寂寞　四望新なり
初鶯声裡　人の訪ぬる無く
数点の梅花　独り春を占む

［意訳］残雪は真っ白に　浮世の穢れを絶ち
奥深い庭はひっそりと物寂しく　周りのながめも新鮮
初鶯の声のする中　人は誰も訪ねて来ず
いくつかの梅の花が　春を独占している

枝垂梅しだれて誰も棲まぬ家　佳津

梅花発く

俗塵　浮世のけがれ
幽庭　奥深い庭
寂寞　ひっそりとして物寂しいさま
四望　四方のながめ

春日郊行

日暖風和興趣生
東郊十里驅レ車行
喈喈雲雀平蕪路
五嶽山巓殘雪明

（下平八庚韻）

日暖かに風和して　興趣生ず
東郊十里　車を駆りて行く
喈々たる雲雀　平蕪の路
五岳の山巓　残雪明らかなるを

興趣　おもむき。興味
東郊　春の郊外
十里　非常に広いこと
喈喈　鳥が穏やかに鳴く声
雲雀　ひばり

平蕪　草の茂った広い野原
五嶽　阿蘇五岳をいう
山巓　山のいただき。山頂
明　美しい。あざやか

［意訳］日は暖かく風和して　春のおもむき
広々とした郊外を 車走らせて行く
ひばりの鳴き声　平原の路
阿蘇五岳の頂に　残雪は鮮やか

斑雪これより果つる旅の宿　佳津

喈喈たる雲雀平蕪の路

看花

遙尋二古寺一賞二山櫻一
玉盞浮レ花鶯語聲
太白詩魂堪二仰慕一
匹如老大樂レ春情

遥かに古寺を尋ねて　山桜を賞す
玉盞花を浮かべれば　鶯語の声
太白の詩魂　仰慕に堪えたり
匹如す老大　春を楽しむの情

遙かに古寺を尋ねて山桜を賞す

（下平八庚韻）

［意訳］遥かなる古寺を尋ねて　山桜を愛でる
玉の杯に花を浮かべ　うぐいすの囀る声を聞く
あの李白の詩心は　敬い慕うに充分だ
よく似て来たなぁ年をとっての　春を楽しむ心が

鶯や寺領に深き轍あと　佳津

桜散る寂ゆく影の仁王門　佳津

春宵徘徊

宴了醉醒池苑涯
風吹翠柳一條斜

宴了り酔い醒む　池苑の涯
風吹き翠柳　一条斜めなり

賞　愛（め）でる
玉盞　玉のようなさかずき
鶯語　うぐいすがさえずる。うぐいすの鳴き声
堪　～できる。～するに足る
匹如　匹（さも）如（に）たり
老大　年をとる。年寄りになる

中天皓皓至二橋畔一　中天皓々（ちゅうてんこうこう）　橋畔（きょうはん）に至（いた）り
欣見漂搖影與レ花　欣（よろこ）び見（み）る漂揺（ひょうよう）たる　影（かげ）と花（はな）と
（下平六麻韻）

［意訳］宴終わり酔いが覚め　池のほとりを歩く
春風が吹いて緑の柳の　一枝は斜め
なか空に月の光は皓々として　橋のほとりまで来た
水面を揺れ動く月の光と流れ去る桜の花びらを歓び見入っている

この詩に対して濱先生より「春宵酔後徘徊の景を橋畔より眺めた江上の様子が巧みに詠じられています」との評をいただきました。

雲水に風のかしづく糸柳　佳津
反り橋を夜風とくぐる花筏　佳津

晩春偶成

一夜蕭蕭雨　一夜（いちや）　蕭蕭（しょうしょう）の雨（あめ）
餞春哀怨情　餞春（せんしゅん）　哀怨（あいえん）の情（じょう）

池苑　池のある庭
翠柳　緑色した柳の木
中天　空のまん中。天
皓皓　明らかなさま。白く輝くさま
橋畔　橋のほとり
漂搖　漂い動く
影　光。ここでは月の光をいう

蕭蕭　物寂しくつづくさま
餞春　春の去るのを送る
哀怨　悲しみ怨む

如何庭院裏
華影落無レ聲
（下平八庚韻）

奈何ぞ　庭院の裏
花影　落ちて声無きを

如何　どうだろうか
庭院　塀のなかの空き地
裏　なか

［意訳］一夜　もの寂しく降った雨
春を送る　悲しみと恨みの心
あの雨で庭の中はどうなっているのだろうか
花は落ちてしまったのだろう　何の音も聞こえない

初蝶や日の高ければ畝正す　佳津

## 餞　春

雨霽光風夕照斜
閑庭新樹映二窗紗一
晩鶯不レ語春將レ盡
一脈哀愁吟二落花一
（下平六麻韻）

雨霽れて光風　夕照斜めなり
閑庭の新樹　窓紗に映ず
晩鶯語らず　春将に尽きんとす
一脈の哀愁　落花を吟ず

光風　雨後の爽やかな風
夕照　夕日
閑庭　静かな庭
窗紗　カーテン
晩鶯　晩春の鶯
一脈　ひとすじ。一続き
哀愁　悲しみうれえる

［意訳］雨上がりの爽やかな風の中　夕日が傾き
静かな庭の新芽を出した樹が　カーテンに映る
晩春の鶯は鳴くこともせず　春はまさに尽きようとしている
ひとすじの哀しみと愁いをもって　落花を吟じる

この詩に対して濱先生より「晩春の光景を巧みに詠じた秀作です」との評をいただきました。

残鶯や夕さり浪の遠き音　佳津
紅椿影に遅れて風と落つ　佳津

## 夏

漢詩の世界では、初夏の詩を除けば夏の詩は絶対数が少ないといわれています。猛暑の続く夏は詩人たちも休息と充電のときのようです。ところが、令和三年（二〇二一）の夏は新型コロナの第五波が全国的に蔓延したため、わたしの場合は家に籠ることが多く、漢詩に取り組む時間を十分に取ることができました。

夏日偶題

薫風颯颯自レ南來　　薫風颯々（くんぷうさつさつ）　南（みなみ）自（よ）り来（き）たり

偶題　ふとできた詩
薫風　穏やかな初夏の風
颯颯　風のさっと吹くさま

嫩葉萋萋生氣回
群鳥慵飛屯樹抄
四邊靜寂夕陽催

嫩葉萋々　生気は回る
群鳥飛ぶに慵く　樹抄に屯し
四辺静寂　夕陽催す

（上平十灰韻）

［意訳］爽やかな初夏の風が　南から吹いて来て
若葉は繁り　生き生きとした勢いがめぐってきた
群がっている鳥は飛ぶのも物憂そうに　梢にたむろしている
まわりは静寂そのもの　夕日がせまってきている

少年の青き口笛夏来る　佳津

空蟬や山河の声の確かなる　佳津

梅雨卽事

細雨蕭蕭晝尙昏
黑雲漠漠急流渾
殘花委地靜幽經
雙燕銜泥繞邸軒

細雨蕭々　昼尚昏く
黒雲漠々　急流渾る
残花地に委し　幽径静かに
双燕泥を銜みて　邸軒を繞る

嫩葉　若葉
萋萋　盛んに茂るさま
生氣　生き生きした勢い
群鳥　群がっている鳥
樹抄　こずえ
四邊　東西南北。よも
催　せまる

卽事　事にふれて、その場のことを題材として詩を作ること
蕭蕭　音声の形容。主として風雨や馬・落ち葉など
漠漠　一面に続いているさま
殘花　散り残った花。残英
委地　地に捨てられたまま
幽徑　人気のない静かなこみち
雙燕　あぜみち

池畔疎林梅子落
田間畦道水鶏喧
書齋微醉無二人訪一
一脈閑愁將二斷魂一

（上平十三元韻）

池畔の疎林　梅子落ち
田間の畦道　水鶏喧し
書斎に微酔して　人の訪う無く
一脈の閑愁　将に魂を断たんとす

［意訳］糸のような雨が蕭々と降って　昼尚暗く
黒い雲は空一面に広がり　急流は濁る
散り残った花が地面に捨てられたままの　人気のない小径は静かで
つがいの燕は泥を口にして　屋敷の軒端を飛び回っている
池のほとりの疎らな梅の木の　梅の実は落ちて
田んぼの畦道では　かじかの鳴き声がかまびすしい
書斎でほろ酔っているが　人は誰も訪ねて来ない
次々と生ずる愁いに　わが魂は消え入ってしまいそうだ

河鹿笛雨に谺の消されたる　佳津

青柳や脚しげくして修行僧　佳津

十薬や旧き家には古き音　佳津

水鶏　かじか。蛙の一首
一脈　一続きの
閑愁　そぞろに湧き上がる愁い

雷鳴有感

電光一閃樹頭催
大地轟然殷殷雷
潑墨妖雲滿天擴
願爲二滋雨一洗二塵埃一

（上平十灰韻）

電光一閃　樹頭に催し
大地轟然　殷々たる雷
潑墨の妖雲　満天に拡がる
願わくば滋雨と為って塵埃を洗わんことを

［意訳］稲妻が鋭く光り　大樹に落ち
大地には激しい音がして　雷はとどろく
墨を流したような怪しげな雲が　空一面に拡がる
恵みの雨となって俗世間のほこりを洗い流してくれんことを願う

電光　稲妻
催　おこる
轟然　激しく轟くさま
潑墨　墨を流したような
妖雲　怪しげな雲
満天　空一面
塵埃　俗世間のほこり

竜神の一滴づつの岩清水　佳津

初夏山荘

孟夏綠陰裏
閑庭人訪稀
白蓮香馥郁

孟夏　緑陰の裏
閑庭　人の訪うこと稀なり
白蓮　香り馥郁たり

孟夏　初夏
閑庭　静かな庭
馥郁　香りのたかいさま

清水響幽微
蛺蝶花芯息
蜻蛉池上飛
靜中眞有レ動
忘レ刻對二斜暉一

清水(せいすい)　響き幽微(ゆうび)なり
蛺蝶(きょうちょう)　花芯(かしん)に息(いこ)い
蜻蛉(せいれい)　池上(ちじょう)に飛ぶ(と)
静中(せいちゅう)　真(しん)に動(どう)有(あ)りて
刻(とき)を忘(わす)れて　斜暉(しゃき)に対(たい)す

（上平五微韻）

清水　清く澄んだ水
幽微　奥深くかすか
蛺蝶　蝶々
花芯　花の中心
蜻蛉　とんぼ
刻　時。時間
斜暉　沈む夕日

［意訳］初夏の山荘の緑陰　この静かな庭には人も訪ねて来ない
白蓮の香りは馥郁として　清く澄んだ水の響きは幽微である
蝶は花の中に憩い　トンボは池の上を飛んでいる
まさに静中動有り　時の経つのも忘れて沈む夕日に向き合っている

この詩に対して、濱先生より次のような評をいただきました。「初夏の山荘の景観を巧みに詠じた秀作です。頷聯、頸聯いずれも巧みに詠じています」

水音は村の心音蓮咲けり　佳津
夏蝶や一生一世すぎやすし　佳津

消夏偶詠

夢入華胥臥凱風
紫薇花發透簾紅
北窗一枕遊仙境
蟬噪檐鈴興不窮

夢華胥に入らんと　凱風に臥せば
紫薇の花は発いて　簾を透して紅なり
北窓一枕　仙境に遊ぶ
蟬噪檐鈴　興窮まらず

（上平一東韻）

［意訳］夢で華胥に入ろうと　そよ風の中で横になる
百日紅の花は咲いて　簾に透けて紅い
北窓のもと　ひと眠りして　仙境に遊ぶ
蟬の鳴き声　風鈴の音　喜びは尽きない

入相の鐘にやすらふ百日紅　佳津

風鈴や一睡さそふ青畳　佳津

消夏雑詩

山荘驟雨洗輕塵
一脈薰風鳥語頻

山荘の驟雨　軽塵を洗い
一脈の薫風　鳥語頻りなり

偶詠　ふと興がわいて詠んだ詩
華胥　昼寝。黄帝が昼寝の夢に、華胥の国に遊んで太平のさまを見たという故事による
凱風　初夏に吹くそよ風
紫薇　さるすべり
仙境　仙界
蟬噪　蟬がやかましく鳴くこと
檐鈴　軒下につるした風鈴
興　喜び。楽しみ
不窮　きわまらない。尽き果てることがない

わが家に咲いた紫薇の花。紫薇はわが国ではさるすべり（猿滑）、百日紅。夏から秋にかけ白・紅などの小花を付けるミソハギ科の落葉高木。樹皮は薄くはがれ落ち、幹の表面は滑らか。花期が長いので「百日紅（ひゃくじつこう）」とも呼ばれる

臥讀二唐詩一興將レ極　臥して唐詩を読み　興将に極まらんとするに
何圖來レ客醉二芳醇一　何ぞ図らん客の来りて　芳醇に酔う
（上平十一真韻）

［意訳］山荘のにわか雨は　細かいちりを洗い流し
さっと吹く初夏の風に　鳥の声が頻りに聞こえる
横になって唐詩を読んで
最も興味ある個所を味わおうとしている時に
どうしたことかお客さんが来て
いつの間にか二人で旨い酒に酔っている

想ひ出の中のひとりや冷し酒　佳津

溽暑

炎蒸夏日汗如レ漿　炎蒸の夏日　汗漿の如く
團扇頻搖下二碧塘一　団扇頻りに揺げて　碧塘を下る
溶溶澄水忘二三伏一　溶々たる澄水　三伏を忘れ
一陣清風萬斛涼　一陣の清風　万斛の涼

---

雑詩　興の赴くままに作った詩
驟雨　にわか雨。夕立
輕塵　軽く舞うちり。細かいちり
一脈　ひとすじ。ひとつづき
薫風　おだやかな初夏の風。青葉の香りを吹き送る風。南風。和風
頻　しきり。たびたび。しょっちゅう
芳醇　香りのよい酒

溽暑　蒸し暑いこと
炎蒸　蒸し暑い
團扇　うちわ
碧塘　緑の草の生えた堤
溶溶　水が盛んに流れるさま
三伏　初の土用を初伏（夏至の後の第三の庚［かのえ］の日）・中伏（第四の庚の

（下平七陽韻）

［意訳］蒸し暑い夏の日　あぶら汗が流れ出る
団扇で頻りにあおいで　緑の草の生えた土手を下る
川には澄み切った水がとうとうと流れ　夏の暑さを忘れて
ひとしきり吹く風に　大きな涼しさを感じている

## 河口より溽暑の波の遡上る　佳津

## 夏日偶成

疎簾搖動好風翻
午夢醒來聞蜀魂
新茶一啜閑窗下
萬卷詩書忘絮煩

（上平十三元韻・拗体）

疎簾揺動して　好風翻り
午夢醒め来りて　蜀魂を聞く
新茶一啜　閑窓の下
万巻の詩書　絮煩を忘る

［意訳］簾が揺れ動いて　心地よい風に翻り
昼寝から醒めて　ホトトギスの声を聞く
新茶を一服する　静かな窓のもと
多くの詩書を繙いて　煩わしさを忘れている

---

日）・末伏（立秋後の第一の庚の日）の三期に分けた称。伏とは、火気をおそれて金気が伏蔵するという意。夏の暑さのきびしい期間

一陣　ひとしきり

萬斛　非常に多くの分量。斛は十斗

---

疎簾　網の目の粗いこと

搖動　揺れ動く

好風　快い風

午夢　昼寝

蜀魂　ほととぎす

一啜　ひとすすり

閑窗　静かな窓

萬卷　多くの書物

絮煩　煩わしいこと

蔵書印月日を晒し書を曝す　佳津

残りたる一朶の雲と夕端居　佳津

## 秋

清涼なる秋は厳しい冬へと移ろう季節です。万物凋落のときであり、それは人の年を重ねて思うときでもあります。秋にもの思う哀しさ、寂しさは、人と自然とが一体化したものともいえましょう。

### 立秋偶成

慨世傷心登二古邱一

西郊萬里暮煙流

歸鴉聲裡黄昏近

蕭殺金風撫二白頭一

（下平十一尤韻）

慨世傷心(がいせいしょうしん)　古邱(こきゅう)に登(のぼ)れば

西郊万里(せいこうばんり)　暮煙流(ぼえんなが)る

帰鴉声裡(きあせいり)　黄昏(こうこん)に近(ちか)づく

蕭殺(しょうさつ)たる金風(きんぷう)　白頭(はくとう)を撫(ぶ)す

［意訳］世の中のありさまを嘆きこころ傷めて古い丘に登れば

秋の野辺は見渡す限り夕暮れの靄が流れている

ねぐらに帰る鴉の声のなか　黄昏に近づく

---

慨世　世のありさまを嘆く

傷心　心をいためる

古邱　古いおか

西郊　秋の野辺

萬里　見渡すかぎり

暮煙　夕暮れのもや

歸鴉　ねぐらに帰るからす

黄昏　たそがれ

蕭殺　もの寂しいこと。「殺」は強意の助字

金風　秋風

撫　なでる

白頭　白髪あたま

もの悲しい秋風が　わが白髪頭を撫でるように吹いていく

今日の身の明日をなほ待つ白露かな　佳津

彼岸墓参

石徑登來草樹荒
墓前合掌菊花芳
亡父溫顏現二眸裏一
西風蕭颯欲二斜陽一

石径登り来たれば　草樹荒れ
墓前に合掌すれば　菊花芳し
亡父の温顔　眸裏に現れ
西風蕭颯　斜陽ならんと欲す

（下平七陽韻）

［意訳］石ころ道を上って行けば　草や木が生い茂り
墓前に合掌すれば　芳しい菊の花が香る
亡き父の穏やかな顔が　眸裏に現れ
秋風がさびしく吹いて　夕陽が沈まんとしている

石徑　石の多い道
溫顏　穏やかな顔。優しい顔
眸裏　ひとみの中
西風　秋風
蕭颯　風の音のさびしいさま
斜陽　西に傾いた陽。夕日

はらからの心寄せ合ふ菊日和　佳津

色変へぬ松一徹の考の声　佳津

「考」とは、亡父のこと。「考」を「ちち」と読むこともある。

望二秋山一

瑟瑟西風不二暫休一
紛紛紅葉白雲浮
依然景物我身老
一脈詩情一望秋

（下平十一尤韻）

瑟々たる西風　暫くも休まず
紛々たる紅葉　白雲浮かぶ
依然たる景物　我が身は老ゆ
一脈の詩情　一望の秋

瑟瑟　寂しげに吹く風の音の形容
西風　秋風
紛紛　乱れ散る

依然　もとのまま
景物　花鳥風月など、四季折々の趣を添えるもの
一脈　ひとすじ

［意訳］寂しげに吹く秋風は　しばしもやまず
乱れ散る紅葉に　白雲が浮かぶ
もとのままの趣ある景だが　我が身は老いてしまった
ひとすじの秋への詩心が　一望できる候だ

一歩づつ落葉の音を確かむる　佳津
中庭の紅葉且つ散る白き椅子　佳津

霜葉は二月の花よりも紅なり

## 偶成

素風窗下坐
帷帳舞飄揚
西天鉤月淡
向レ晩且清狂

（下平七陽韻・拗体）

素風　窗下に坐せば
帷帳　舞いて飄揚
西天　鉤月淡く
晩に向んとして　且らく清狂

［意訳］爽やかな秋風の吹く　窓のもとに坐り
カーテンは　風に吹かれて舞う
西の空には　鉤月が淡く掛かり
夕暮れが迫って来たが　しばらくは好き勝手にしていよう

美辞麗句省きて白き山の月　　佳津

素風　秋風
帷帳　カーテン
飄揚　風に吹かれて舞うさま
鉤月　三日月。細い弓型の月
向晩　黄昏に連れて。夕暮れがせまる
清狂　俗人離れしてほしいままに言動すること

## 秋夜對レ月書レ懷

山月蒼蒼茅屋頭
清光素影露華浮
懷羞往時眠難レ就

山月蒼々　茅屋の頭
清光素影　露華浮かぶ
懐羞の往事　眠り就り難く

書懐　思いを述べる
山月　山の端の月
蒼蒼　青々としているさま
清光　澄み切った清らかなひかり
素影　白い光
露華　露の光
懐羞　恥じらう心を抱くはにかむ
往時　過ぎ去ったこと

蹉跌青春涙易レ流
蟲語啾啾三徑曲
西風瑟瑟十分秋
人生畢竟誰無レ恨
驅二使詩情一排二百憂一

蹉跌の青春　涙流れ易し
虫語啾々　三径の曲
西風瑟々　十分の秋
人生畢竟　誰か恨み無からん
詩情を駆使して　百憂を排す

（下平十一尤韻）

［意訳］山の端の月は青々と　我が家のあたりを照らし
清らかで白い光に　露の花が浮かんでいるよう
今夜は恥ずべき昔のことを思い出し　眠りにつけず
失敗ばかりの青春時代に　つい涙がでてしまう
虫の声は庭の小路の隅で悲しげに鳴き
秋風も寂しげに吹いて　秋の趣は十分
人生結局は　いろいろな思いにとらわれないことがあろうか
詩心をかきたてて　秋の憂いを取り除かねば

この詩に対して、濱先生から、「対句もほぼ完璧で秋月を巧みに詠じた秀句です」との評をいただき、天にも昇る気持ちでした。

蹉跌　つまずく、失敗する、しくじる
蟲語　虫の声
啾啾　小さく悲しげに鳴く
三徑　三つの小路
曲　すみ
西風　秋の風
瑟瑟　寂しげに冷たく吹く風の形容
十分　満ち足りて欠けるところのないさま
畢竟　結局。要するに
恨　うらみ、にくみ、かなしみ、怒り、悔やみ、満たされぬ思いなどが混然一体となった感情
驅使　追い立てて使う
排　とり除く
百憂　多くの憂い

僧堂の鴟尾より暮るる花芒　佳津

月今宵こゑが裏戸を開けてくる　佳津

## 冬

蕭条たるこの季節は身も心も凍えてしまいます。厳寒を堪えれば、やがて麗らかな春がやってきます。また、一年の尽きる大晦日の夜は、寺々で百八回にわたって撞かれる鐘の音に厳かに耳を傾け、行く年を送り新しい年を迎えるのです。

### 嚴寒偶成

犬吠如何庭砌邊
凍雲黯漠轉凄然
江風陣陣天將レ雪
山木淩淩地化レ煙
凝レ目窗櫺水樓景
寄レ身榾柮火爐前

犬吠ゆるは如何ぞ　庭砌の辺
凍雲黯漠　転た凄然
江風陣々　天将に雪ふらんとし
山木淩々　地煙と化す
目を凝らす窓櫺　水楼の景
身を寄す榾柮　火爐の前

---

如何　どうしたことか
庭砌　庭の石だたみ
凍雲　冬の雲
黯漠　薄暗く広がるさま
轉　ますます
凄然　冷え冷えしたさま
江風　川から吹く風
陣陣　途切れ途切れに続くさま
淩淩　風に吹かれて入り乱れるさま
化煙　もやの中に消え去る
窗櫺　窓のれんじ
水樓　水辺に建つ高殿
榾柮　ほだ木
火爐　暖炉

寒燈一穗幽齋裏　寒灯一穂　幽斎の裏

不レ識經過八十年　識らず経過す　八十年

（下平一先韻）

［意訳］どうしたことだろう庭の石畳のあたりで吠える犬のあの声は
凍えるような冬の雲が薄暗く拡がり　ますます冷え冷えと聞こえる
川風はとぎれとぎれに吹いて　空はまさに雪が降ろうとし
山の木は風に吹かれて入り乱れ　地面は靄の中に消えている
窓の連子に目を凝らして　水辺の高殿の景色を見
ほだ木に身を寄せて　暖炉の前にいる
さびしい灯　静かなる書斎
いつの間にか人生八十年も経ってしまったなあ

枯はちす影ことごとく地に還す　佳津

榾明り語り尽くせば今日は過去　佳津

除夜與二老妻一泊二天瀬溫泉一

溫泉水滑浸傾レ身　温泉水滑らかに　浸って身を傾く

美酒玉盤稱贊頻　美酒玉盤　称賛すること頻りなり

天ヶ瀬温泉客室からの景

幽齋　静かな書斎
寒燈　寂しい灯火
一穗　一本のともしび
經過　通りすぎる

共斟屈レ指期二長壽一
殷殷鐘聲歳此新
（上平十一真韻・拗体）

共に斟み指を屈し　長寿を期せば
殷々たる鐘声　歳此に新なり

［意訳］温泉の水は滑らかで　どっぷりと浸かって体を傾ける
旨い酒と立派な器に盛ったごちそうを　ほめ称え頂く
酒を酌み交わし指折り数え　長生きしようと約せば
除夜の鐘の音が殷殷と響き　歳がいまここに新たならんとしている

歳晩の湯壺にかろき旅疲れ　佳津

玉盤　立派な器のごちそう
稱贊　ほめたたえる
共斟　共に酒を酌み交わす
屈指　指折り数える
期　約束する
殷殷　鐘の音のとどろくさま

## 除夕偶成

崢嶸歳晩感無レ窮
百事去來杯酒中
何奈人生如レ此過
更聞鐘韻白頭翁
（上平一東韻）

崢嶸たる歳晩　感窮まり無く
百事去来す　杯酒の中
如何せん人生　此の如く過ぎ
更に聞く鐘韻　白頭の翁

除夕　大晦日の夜
崢嶸　年月の積み重なるさま
歳晩　年の暮れ
去來　去ることと来ること。行ったり来たりすること
鐘韻　鐘のひびき

［意訳］厳しい年の暮は思いが尽きない
杯の酒の中をいろいろな思いが去来する
このように早く過ぎ去っていく人生　一体どうすればよいのだろう
今年もまたこうして除夜の鐘を聞いている　白髪頭の翁

なつかしき月日ながらふ除夜の酒　佳津

餞二逝年一

刻苦一年無二寸功一
崢嶸世事老二塵中一
光陰如レ矢還将レ盡
無レ奈孤愁賦二送窮一

（上平一東韻）

刻苦一年　寸功無く
崢嶸たる世事　塵中に老ゆ
光陰矢の如く　還た将に尽きんとし
奈ともする無き孤愁　送窮を賦す

［意訳］骨折り働いたこの一年　仕事の結果はそれほどのことはなく
厳しい世の中の事柄にとらわれてばかりで　俗世間の中で老いてしまった
年月は矢のように速く過ぎ　今年もまた尽きようとしている
どうすることもできず孤り愁いながら　窮鬼を送る詩を作っている

---

刻苦　力を尽くし心を労する
崢嶸　年月の積み重なるさま。人生を山にたとえていう
世事　世間一般の事がら。俗事
塵中　俗世間
光陰　年月。時間
賦送窮　窮鬼（貧乏神）を送る詩を作る

たわい無く日を積もらせて年送る　佳津

行く年の袖垣ゆるぶ風のあと　佳津

琴弦詩人論

# 陶淵明と李白の世界

平岡　豊

平岡豊氏
（ひらおか・しげる）

昭和十一年（一九三六）生まれ。大分県宇佐市出身。大分県立宇佐高校、大阪外国語大学卒業。中国文学専攻。

㈱博報堂入社後、CMプランナー、コピーライターとして、広告制作業務を担当。博報堂九州支社マーケティング部長から支社長代理。㈱博報堂エルグ取締役。博報堂在職時、農業マーケティングに関わったことから、定年後、九州大学大学院農業資源経済学専攻博士課程に進み、平成十六年博士（農学）を取得。現在もマーケティングプロデューサーとして活動中。

『漢詩雑話』に『映像唐詩論・杜甫と李白の世界』を寄稿して頂いた関係から、今回も著者から強くお願いし、本論文を寄稿して頂いた。

＊大阪外国語大学は、国立大学再編の中で平成十九年に大阪大学と統合し、現在は大阪大学外国語学部となっている。

## 「詩仙」李白、宮廷の日々

李杜と並び称され、杜甫の「詩聖」に対して李白は「詩仙」と称されている。特定分野でとりわけ優れている人に対して「聖」として尊意を表す事例は多い。楽聖、俳聖などである。一方、「仙」は酒脱、風雅、世を斜めから高見するといった意味合いから、李白が詩仙として愛されているのも納得できる。李白の「白髪三千丈　縁愁以箇長」などは人口に膾炙した詩であり、また杜甫の作である『飲中八仙歌』での「李白一斗詩百篇」などは李白の「詩仙」像の核にもなっている。

しかし、これらの詩の表層的な解釈で李白を判断してよいのだろうか。日本では「白髪三千丈のお国柄」などと揶揄する際に使われているが、冷やかし解釈で李白を判断してよいとは思えない。「白髪三千丈」は白髪で思い出される人生の苦悩や悲しみが、白髪の上に重なり連なって思い起こされる「映像言語」としての三千丈だと捉えたい。勿論、ここでの三千は誇張による強調表現である。「李白一斗……」についても表層的な解釈ではなく、杜甫は李白の宮中における役割や悩みを踏まえているはずだ。

中国での一斗は日本でのほぼ一升というから、李白はそれなりの酒豪である。ところが李白にとって悩ましいのは、酒に酔っているとの前提で皇帝の意を踏まえて詩百篇を作るのが役目であることだ。百篇は実数ではなく、「次々に、いくらでも」といった意味ではあるが、李白の詩才あっての表現である。一方で、そのような李白の役割に同情を込めて杜甫はこの詩を詠じたのであろう。

『飲中八仙歌』の筆頭に登場するのが賀知章（がちしょう）である。彼は盛唐の詩人であり、進士となり秘書監を務めた。彼が李白を知ったのは、役人としての最晩年である。彼は酔っては街を歩き回り井戸の中で眠っていたというから、エリート役人としては型破りである。その賀知章が李白を「謫仙人」とよび宮廷詩人に推挙した。謫仙人とは天上界から人間界に追放された仙人という意味だから穏やかではない。謫仙人には、「脱俗の人、非凡な人、才能の持ち主、大詩人」という意味もあるが、これは李白以降に加えられた解釈であろう。

重要なことは、賀知章がなぜ李白を推挙したか、である。カギは「李白一斗詩百篇」にある。李白はいつも大酒を飲んで酔ってはいるが、多様な即興詩をいつでもいくらでも作ることができる。とはいっても、まともな役人が昼日中から街の酒場で大酒を飲んでいて許されるはずはない。しかも天子からのお召の船にも乗らず「酒中の仙」だと嘯いているのだ。

実は、李白の役職は「翰林供奉」である。「供奉」は玄宗皇帝が李白に特別に与えたもので、日常業務としては拘束のない自由度の高いものだった。賀知章が李白を推奨したのは、李白の負としての出自と経歴が決め手になったのだと思う。

・大酒飲みなのに酔った状態で皇帝が期待する詩を即座に作ることができること
・体軀にも優れた偉丈夫で喧嘩に強く、若き日には人を殺めたとの噂もあり、威圧感があること
・漢民族と称しているが、西域がらみの商家の出で出自からの特異な雰囲気があること
・商人の家系なのに祖業には就かず、各地を放浪し生業を持たなかったこと
・経済的にはゆとりがあり、自前で遊び人となっていること

平和な時代なら科挙の受験資格もない商家の出の徒食人など登用されるわけがない。しかし、「謫仙としての知的無頼」こそが、玄宗皇帝の求めていた人材だったのだ。

## 宮廷道化としての李白

以前、読んだ本に、李白・杜甫・白居易の詩人としての人物評があった。李白は科挙の試験を小馬鹿にして一度も受験しなかった。杜甫は愚直にも試験を受け続け合格できなかった。白居易は一度で合格し成績抜群であった。そして、この科挙試験のありようが、三詩人の詩風に出ていると解説されていた。

以来、李白は科挙を無視していたと思っていたが、そもそも受験資格がなかったのだ。詩才は十二分にあったのだから、科挙をせせら笑うしかなかった。ところが、この点が李白ならではの才能であり持ち味とされ、翰林供奉に起用された。玄宗皇帝の勅命で、宮廷に列する身となったが、その役目柄から、多くの反発を持たれ、短い期間で宮廷を追われ、再び放浪の身となってしまう。その李白に玄宗皇帝は、過分とも思える金銭を与えたという。玄宗皇帝の弱さと優しさからであろう。

李白には「宮廷道化」としての役割が負わされていたと思う。宮廷道化は、玄宗皇帝の意を踏まえて、笑いの中で周囲への批判を行う役目を持っていた。李白がこのような立場にあったと思うと、李白の酒への傾倒が哀れになってくる。そこには、豪放磊落な李白ではない、もう一人の李白がいる。

玄宗皇帝の側近実力者に宦官(かんがん)の高力士がいた。酔った李白が高力士の前に足を投げ出し靴を脱がさせたなどという逸話も、高力士にとっては恨みの残ることである。その一方、李白は宮中での華やかな催しにも参列して、玄宗の世を寿ぎ愛妃を称える詩を作っている。

名花傾國兩相欣　　名花傾国両(ふたつ)ながら相欣(あいよろこ)ぶ

長得君主帯笑看　　長えに君主の笑みを帯びて看るを得たり

この詩は、牡丹と楊貴妃を巧みに詠じており、和やかな情景である。しかし、この詩の別の場面で李白は、楊貴妃を歴史上の美女になぞらえて詠じており、執念深い高力士に目を付けられる。その美女が卑しい身分の出であり、最後には不運の中で自殺したことを言挙げし、このような女性に楊貴妃をなぞらえたのは不敬であるとされたのである。

宮廷道化は後見者次第の存在にすぎないことを思うと、皇帝の力の弱まる中で李白が追放されたことは当然だったのかも知れない。

## 李白の陶淵明観

悪名高い宰相李林甫による政治の私物化、東北での安禄山の勢力が大きくなる中で宮廷を追われた李白は、世間的には悠々とした日々を送っている。ある面では陶淵明の境地に通じること著しい日々である。公務を離れて野にある者の先人として、李白は陶淵明を慕っていたとする説があり、李白の次の「山中問答」が、その例証とされている。

問余何意棲碧山　　余に問う何の意か　碧山に棲むと
笑而不答心自閑　　笑って答えず　心自ら閑なり
桃花流水窅然去　　桃花流水　窅然として去る

別有天地非人間　　別に天地の人間に非ざる有り

この詩は、定説的には陶淵明の『桃花源記』を踏まえているとされている。しかし、陶淵明の場合は漁師が川を上っていて、偶々、桃源郷に迷い込むのである。そして漁師は桃源郷で歓待されたあと、この地のことは口外しないようにと口止めされて帰る。それにも拘わらず、この漁師は悩むこともなく役所に届け出るのである。この漁師が陶淵明の投影だとすると、彼には生来、世俗的な功名心があったのではないかと思ってしまう。「ご注進、ご注進」と、お上に申し出るのは、桃源郷の人々との信義にも悖る。

ここで重要なのは、偶然、桃源郷にまぎれこんだ漁師（陶淵明）と「心して住まいしている」李白との違いである。とりわけ李白が哀れなのは、流れていく桃の花を見送っていることだ。李白にとって桃の花は、これまで暮らしていた世界への便りであり、桃の花をたよりに誰かが訪れてくれることを願っていたのではないか。山の中に暮らしていても世間への思いを絶てないのが李白である。

そして、李白に「便り」は届いた。『山中與幽人對酌』がその証左だと思う。

兩人對酌山花開　　両人対酌して　山花開く
一杯一杯復一杯　　一杯一杯　復た一杯
我醉欲眠卿且去　　我は酔うて眠らんと欲す　卿且く去れ
明朝有意抱琴來　　明朝　意有らば　琴を抱きて来たれ

この詩の通常の解釈については、長らく疑問に思っていた。まず対酌している幽人である。多くの解説書では、山の中に住んで世を避けている人としている。中には、時空を超えて陶淵明と飲み語らっているといった詩境豊かな解釈もある。これは陶淵明の「我は酔うて眠らんと欲す、卿去るべし」を李白がそのまま使っているように見えるからであろう。しかし、両者の詩には、小さいようで大きな違いがある。陶淵明は「去るべし」だが、李白は「且く去れ」である。幽人との対話は酔いが醒めた状態でもまだ続いていく可能性があるのだ。その気持ちが「明朝意有らば」に込められている。

多くの解説書では、この小さくて大きな差異には着目していない。それで結句を軽くとらえ、「気でも向いたら琴を抱いておいでよ」となる。しかし、「有意」には「そうする強い意志があること」の意味がある。即ち、「本当にその意志があれば琴を抱いて来たれよ」と李白は言っているのだ。

## 琴を持つ覚悟、陶淵明と李白の違い

琴は中国の士人にとって重要な表意楽器である。「知音」という言葉があり、琴を通じて弾き手の志や想いを知るといった意味である。

春秋時代の楚の国に、鐘子期という男がいた。彼の友人で琴の名手の伯牙は常に鐘子期を前にして琴を弾じていた。しかし、鐘子期が世を去ると伯牙は琴の弦を断ち、終生琴を手にしなかった。「我が音を知る者は鐘子期のみ」。ここから「知音の友」という言葉が生まれた。

時は乱世、伯牙の心には思いがあふれているが、それを言葉に表すことはできない。その心の思いを伯牙は琴の音に託し、鐘子期はその琴の音から伯牙の心を理解した。中国の士人にとって琴はそれほど大きな存在だった。

この「断弦琴」の故事を踏まえて、ある種の自己表現をしたのが、陶淵明の「無弦琴」ではないか。彼は折々に弦の張られていない琴を手元に置き、楽しんだという。勿論、音が出ることはない。しかし周囲のものは彼の思いを推しはかり、それぞれが鐘子期たらんとしたのではないだろうか。勿論、伯牙は陶淵明自身である。

断弦琴と無弦琴。李白はこの史実をふまえて「山中にて幽人と対酌す」の詩で、敢えて有弦琴を携えて己の意志を主張したのだと思う。

一説によると、陶淵明は彭沢県の知事になったものの、職にあったのはわずか八十日。仕え始めてすぐに、同郷の後輩である上司が視察に訪れることになる。その際に知事として正装で迎えるようにと、下僚からの進言があった。公務での来訪だから当然である。しかし、これに嫌気がさした陶淵明は、知事の印綬を外し『歸去來辭』を口ずさみながら故郷に帰ってしまう。

「安い給料のために同郷の若造が如きに膝を折ることなどできようか」と、官を辞してしまうのだ。いわば「私情による公務の恣意的放棄」である。

陶淵明は我が家に戻り酒を手にして、本来の自分を養うことになった。彼は世間の栄誉と利益を汚らわしい塵のように叩き落として酒を楽しみ、この境地に憧れていたのだと言っている。しかし、この陶淵明の行動について、九州大学岡村繁名誉教授は次のように述べている（『陶淵明世俗と超俗』ＮＨＫブックス）。

陶淵明が最後に彭沢県の知事に任用された頃は、時代として新興勢力が政権を握っており、戦火と苦難をくぐり抜けた筋金入りの実力者たちがそろっていた。一方、陶淵明は政治社会には無知無能であったから、知事の職務を果たせるわけがない。そんな中で同郷の男が上司として視察に来ることになった。

岡村教授は、この一件で陶淵明が「帰りなん、いざ」と県知事の職を捨てた辞職動機を「次元の低いもの」とみなしている。そうなると、別の状況も考えられると思うのだ。

同郷の後輩上司の来訪は、陶淵明の行政面での無能さを同郷の誼で丸く収めるための好意的来訪だったのではないか。そして、結果としてメンツをつぶされる陶淵明が格好良く先手を打って、帰りなん、いざ、と名誉ある撤退を計った。ところが、彼は帰郷してから時が経つと先祖からの地を離れ、裕福な人たちの住む地域へと住まいを移している。

岡村教授によると、陶淵明は知己となった人たちに自作の詩を贈り、自分の窮状を訴え援助を乞うていたという。それらの献詩の中に知音の友の鐘子期が登場する。

慷慨獨悲歌　　慷き慨しみて独り悲歌す
鐘期信爲賢　　鐘期は信に賢なりとす

この詩は『怨詩楚調』と題し「龐主簿・鄧治中に示す」と副題がつけられている。陶淵明五十四歳の作である。彼はこの詩の前半で自分の暮らし向きの辛さを述べ、前出の二句を続けている。彼の気持ちとしては、詩を呈した相手が、自分の窮状を察して現世利益を与えてくれる鐘子期であることを期待したのだろう。しかし、陶淵明の琴は無弦琴である。音の出ようもない。さらに言えば、相手が「知音の友」の故事を踏まえて、自分が陶淵明から現世利益役としての鐘子期を期待されているのだと理解していたかも疑わしい。

琴を通しての危険な発言をしないまま、「無弦琴演出」で生きていく陶淵明のありようを李白は否定していたと思う。李白の詩に次のような暗示的な詩がある。

齷齪東籬下　　齷齪たる東籬の下
淵明不足群　　淵明群れるに足らず
（九日巴陵に登りて置酒し洞庭の水軍を望む）

「菊を採る東籬の下　悠然として南山を見る」（飲酒其五）を、李白は齷齪（こせこせ）していると捉え、そんな仲間にはならないと宣言している。

科挙の受験資格のない李白からすれば、陶淵明は恵まれている。貧しいながらも地主であり、科挙のない時代だから、縁故でそれなりの官途にも就いている。李白が時空を超えて陶淵明を「山中」に招き、酒を酌み交わすはずはないと思うのだ。

## 李白は誰と「対酌」したのか

李白が山中で対酌していたのは、他ならぬ「もう一人の李白」だった。こう考えると、「明朝意有らば琴を抱いて来たれ」の意味は大きく変容する。多くの解釈のように「気が向いたら琴でも抱いておいでよ」といった軽いものではなく、李白の心中の決意を語っていることになる。

「山花開く」も、象徴的な表現だ。酒を酌み交わしている傍らに偶々咲いている野の花とは思えない。山花は、李白の夢を込め己の力でこれから開いていく「山花」だ。

中国には「宮花」という制度があり、科挙の合格者の上位三人に与えられた栄誉である。李白は目の前の山花を宮花に対峙させていたのではないか。野にある者として野の立場からの思いを「山花」に込めたのだ。それは酔いが増すにつれて大きく開く。一杯、一杯復一杯――。

一方で、李白は冷めた目も持っている。「琴を抱く」の中には、世に対して行動を起こすといった意味合いが込められている。李白の琴は、断弦琴でも無弦琴でもなく、世に対して「意を発する有弦琴」なのである。

## この詩の生まれた時代背景

こういった解釈が成立し得ると考えたのは、この詩が作られた「年」に「大きな意味」がある。「山花開く」の詩は宇野直人著『李白』(平凡社)によると西暦七五五年の作。時代としての「不穏な空気」の中で作られたもので、この翌年に李白が、永王の幕下に参じた状況とも合致する。この詩は唐の永王から、安禄山討伐軍への参軍を求められた李白が、最後の決断をする前夜の思いを詠じたものと思えるのである。

一方、幽人については、李白がひとつの詩境として設定したものと見てもいいとする説もある。この説を踏まえると現実的に目の前に「幽人」は存在せず、李白の心の中に存在することとなる。参軍前夜の李白にとって、この自問自答は十分にありうる。目の前の幽人は、李白自身の投影なのだ。

永王からの参軍要請は、「酔っ払った宮廷道化」としての李白ではなく、「歴とした参謀」としての李白であり、李白にとっては願ってもない機会である。科挙での宮花ではないにしても、目の前には山花が開いている。酔いの目の李白にとって、この山花は宮花なのだ。この山花に己の夢を託すことで、山花は宮花となる。一杯一杯と飲み、明朝酔いが覚めても、その志が消えていなければ、有弦琴を奏でようとしている。李白の中には、大きな山花が大きく開いていく。

## 山花散る

しかし、山花はあっけなく散った。あろうことか永王が、唐王朝から反乱軍として討伐され、李白も捕らわれの身となり罰を与えられ、「夜郎」の国へ流されることになる。しかし、与えられたその罰に唐王朝のやさしさと、李白の哀れさを感じるのだ。

夜郎は漢代、中国西南の辺境に勢力を張っていた異民族で、漢の広さを知らない夜郎の王が、漢の使者に自国と漢の国との大小を問うたと『史記』にも記されている。

玄宗上皇が「夜郎の国にでも流しておけ、そのうち恩赦にする」とでも内示したのではないか。二、三か月で行ける夜郎の国へ、李白は半年以上かけても到着せず、土地ごとの役人から大きな宴席まで設けられていたという。後世の人たちは、これを、李白の人徳としたが、仮にも罪人に対して、宮廷からの「暗許」がない限り、地方の役人が、李白を接待するとは思えない。そして、道半ばで恩赦となっている。しかし、その後、李白に対して朝廷からのお召はなかった。

最早、唐王朝は「宮廷道化」という狂言回しの役を必要としなかったのである。舞台のないところに、道化へのお呼びはかからない。

## 最晩年の李白と有弦琴

李白の最後の年の詩に、「悲歌行」がある。この詩で李白は自ら琴を弾いており、己の志を得られなかった悲しみをうたいあげている。

悲歌行

悲來乎　　悲しいかな
悲來乎　　悲しいかな
主人有酒莫斟　　主人酒有るもしばらく斟むこと莫れ
聽我一曲悲來吟　　我が一曲悲来の吟を聴け
悲來不吟還不笑　　悲しみ来たりて吟ぜず還た笑わず
天下無人知我心　　天下人の我が心を知る無し
君有數斗酒　　君に数斗の酒あり
我有三尺琴　　我に三尺の琴有り
琴鳴酒樂兩相得　　琴鳴酒樂両(ふたつ)ながら相得たり
一杯不啻千鈞金　　一杯啻(た)だ千鈞の金のみならず

［意訳］悲しいなあ　悲しいなあ

ご主人よ　酒はしばらく待ってくれ
私が唄う悲しみの歌を聞いてくれ
しかし
悲しみがこみあげて唄えない、それを笑えもしない
この世に私の思いを知ってくれる人はいない
ここには酒がたっぷりあるし
私には士が奏でる琴がある
琴の響きと酒の楽しみがある
この一杯は何ものにも代えられない

（以下略）

この詩を通して、人生の終わりを迎えた李白に、想いをいたしたい。目の前にあるのは酒である。詩を吟じているのは李白自身であり、弾じているのは有弦琴である。しかし聴き手は、県令ただ一人。この頃、李白は安徽省当塗の県令李陽冰のもとに身をよせていた。この宿も、宮廷からの密かな配慮と思いたいが、玄宗上皇は、この年の四月に世を去っており、同じ年の十一月に、李白も後を追っている。その状況を踏まえると、玄宗上皇のご不例、あるいは崩御を、県令から伝えられた李白は、悲しみの歌を吟じ、琴を奏でたのではないか。しかし、聞くのは、この宿の主である県令ただ一人。もちろん、鍾子期たりえない。有弦琴は、鍾子期がいてこそと思うと、李白は、悲しかったろう。哀れでさえある。貧に甘えて世を生き、無弦琴で韜晦の日々を過ごした陶淵明を、李白は到底受け入れることは出来なかった、と思うのである。

## 明月と有弦琴 ―― 詩仙の終焉

李白の二十代後半の詩に「静夜詩」がある。

牀前看月光　　牀前(しょうぜん)　月光(げっこう)を看(み)る
疑是地上霜　　疑うらくは是(こ)れ　地上(ちじょう)の霜かと
擧頭望山月　　頭(こうべ)を挙(あ)げて　山月(さんげつ)を望み
低頭思故鄕　　頭を低(た)れて　故郷を思う

この詩について宇野直人著『李白』では、長い病に伏していた若き日の李白が、やっと小康を得たが、まだ仕官の手蔓さえも見えていない頃の作としている。つまりは、心身共に不安の中での想いが描かれているのだ。月の光を一瞬地上の霜かと見たところにも、李白にとっての「冬の予感」が思われ憐れである。そして李白は今、「静夜詩」の頃の若い李白ではなく、きわめて厳しい老いの病いの床にある。季節は冬、死の床にさす月の光。李白は若い日のように地上の霜と見たのかもしれない。本来の李白は明月をこよなく愛し、池の面に映る月を自分の元へ遊びに来てくれたものと思って、抱き合おうとし池に落ちておぼれ死んだとの「伝説」さえあるのだ。

しかし、現実の李白は、一年ほど前からの旅路の宿の県令公舎で、死の床に伏す身である。この宿も玄宗上皇の配慮かとも思いたいが、その上皇もこの春崩御された。独りぼっちとなった李白。秋から冬への移ろいの中で、長い眠りにつく李白は、若い日の「静夜詩」を心に起こし、己の生きてきた「連なる生涯」を思い浮かべたことだろう。地上の霜を白髪と見て、人生の折々の画面が重なり続いていく。――白髪三千丈。しかし、愁いの光はやがて、月が上るにつれて、明月本来の暖かいものへと変わっていく筈だ。皓皓たる明月の光のもと、枕元に有弦琴を置き、永遠の眠りにつく李白。この情景はまさに「詩仙」の終焉にふさわしいものだと思うのである。

＊「牀前明月光」は「牀前看月光」で知られている。一方、「明月光」としている事例もある。筆者は当時の李白の置かれていた状況から、「明月光」を是としたものである。

# おわりに

拙著『漢詩雑話』を出版して三年、その続編ともいうべき『漢詩連れづれ』をここに上梓する運びとなりました。本書も前著と同工異曲の感は否めませんが、これでも、わたしなりに工夫を凝らした積りです。

コロナ禍中での緊張した診療、患者さんと従業員に対する目に見えぬ細心の対応、さらに家籠りの続く毎日は、わたしにとって大きなストレスでした。かてて加えて、胃癌と思われる症状が出たのもこのごろです。検査は、胃カメラ・CT・腫瘍マーカー・生体組織鏡検（Biopsy）などなど…。幸い結果は良好でしたが、妹を胃癌で亡くしているわたしにとっては大きなストレスでした。これらのことが、この老躯に重圧としてのしかかってきたのは事実です。

それを救ってくれたのが、漢詩を読むことと作ることでした。夜は九時に就寝、朝は五時に起床して、漢詩に取り組んでいるといつの間にか時間の経過を忘れ、別世界を逍遥している自分を発見しました。このことが、どれ程ストレス解消に役立ったことかわかりません。「漢詩をやっていて良かった」と感じたことでした。

今回も、唐宋詩や内外の詩人の詩、さらに三涯先生の詩も引用させていただき、拙いわたしの詩と並べて話を進めさせていただきました。大変畏れ多いことです。批判は覚悟の上です。これも現在の漢詩の衰退状態を見て「何とかできぬか」と、わたしなりに考え、思いついた一つの手法なのです。漢詩の本は、県下の書店では全く見かけなくなりました。ネットで探しても新刊はほとんどありません。わたしを救ってくれた漢詩の素晴らしさや魅力を一人でも多くの人に知って貰いたい。それには、気楽に読めるやさしい漢詩の本が必要だと考え、敢えてこの本を出版しました。

本書の出版にあたっては、師匠の濱三涯先生はじめ（濱先生には残念ながらこの本を見ていただくことは叶わなくなりましたが……）、多くの皆様方のご協力をいただきました。同門の呆堂先生、蘭泉さん、さらに高校時代の恩師・森田源岳先生、東京医科歯科大学の大山喬史元学長、西野一紘君、太田忠興君。畏兄平岡豊氏。津久見書道会会長の高濱紫蘭さん。自作の俳句を提供していただきました佐藤佳津さん、そして、忽然と出会い、いろいろとご協力いただいた河村和彦氏。皆様のご協力を得て、やっと、わたしの目的にかなった本にまとめることができました。心から感謝申し上げます。

また、海鳥社社長杉本雅子氏には、微に入り細を穿って、ご指導いただきました。著作権という難しい問題の絡む諸問題をクリアしていただいたことは勿論のこと、出版社としての機動力を発揮して諸問題に対応していただき、さらに見事に編集していただいたことには敬服しました。深甚なる謝意を表します。

令和四年（二〇二二）六月二十九日、わたしの漢詩作りの初歩の段階（平成二十七年［二〇一五］）からご指導いただいた濱久雄先生が天寿を全うされました。心からご冥福をお祈りします。

その後、国士舘大学教授で全日本漢詩連盟会長の鷲野正明先生にご指導いただくことになり、懇切丁寧な雌黄を受け新たな思いで漢詩作りに励んでおります。現在、わたしは「生涯、漢詩とともにあろう」と思っています。漢詩を学べば学ぶほど、新しい発見があるからです。今回、律詩を考える楽しみを見出したこと、また句中対、拗体、踏み落しなどでより多彩な表現法を試みたことの嬉しさは、無上の喜びです。

本書を手にしていただいた皆さま方に深く感謝し、一首詠じて擱筆します。

偶成　　　　　　　　麟涯

山紫水明江上家　　山紫水明（さんしすいめい）　江上（こうじょう）の家（いえ）

多年安レ堵向レ人誇　　多年堵（たねんと）に安（やす）んじ　人（ひと）に向（むか）って誇（ほこ）る

休レ説人間名利事　　説（と）くを休（や）めよ人間（じんかん）　名利（みょうり）の事（こと）

朝吟午詠送二生涯一　　朝吟午詠（ちょうぎんごえい）　生涯（しょうがい）を送（おく）らん

（下平六麻韻）

［意訳］風光明媚な　川のほとり
長い間ここに安住できたことを　人々に自慢している
俗世間の名誉や利益にかかわることはやめ
漢詩三昧で　余生を送ろうと思っている

---

山紫水明　山が紫色で水が清らか。山川の景色の清らかで美しいこと。頼山陽が京都東山の紫色と賀茂川の清らかなことをほめて言った語
江上　川のほとり
安　安らかに暮らす
堵　かきね。かきに囲まれた中の意で、すまいのこと
人間　俗世間
名利　名誉と利益。功名と利禄

令和五年十二月

斤艸庵にて　　著者

## 【参考文献・引用文献】

濱久雄『三涯漢詩集』明徳出版社、二〇二一年
「致知」平成三十一年一月号、致知出版社
土川泰信『呆堂　土川泰信詩集』明徳出版社、二〇〇九年
土川泰信『続　土川泰信漢詩集』明徳出版社、二〇一二年
土川泰信『続々　呆堂漢詩集』明徳出版社、二〇一七年
土川泰信『呆堂漢詩集（第四）』明徳出版社、二〇一九年
黒田杏子編『証言・昭和の俳句』コールサック社、二〇二一年
宇野直人『日本の漢詩　鎌倉から昭和へ』明徳出版社、二〇一八年
宇野直人『漢詩名作集成　中華編』明徳出版社、二〇一六年
一海知義『漢詩一日一首　夏』平凡社、二〇〇七年
和倉仁・樋口和宏『歌舞伎入門事典』雄山閣出版、一九九七年
鎌倉恵子監修『一冊でわかる歌舞伎名作ガイド50選――観て、読んで、伝統芸能の舞台美を再現』成美堂出版、二〇〇三年
赤坂治績『知らざぁ言って聞かせやしょう――心に響く歌舞伎の名せりふ』新潮新書、二〇〇三年
一海知義『漢詩放談』藤原書店、二〇一六年
坂村真民『随筆集 念ずれば花ひらく』サンマーク出版、二〇〇二年
福田昇八『英詩のこころ』岩波ジュニア新書、二〇一四年
一海知義・筧久美子・筧文雄『漢語いろいろ』岩波書店、二〇〇六年
鎌田正 監修、巨勢進・向島成美『漢文名作選4　文章』大修館書店、一九八四年
河合康三編訳『新編中国名詩選（上・中・下）』岩波文庫、二〇一五年

植木久行『唐詩歳時記』講談社学術文庫、一九九五年
石川忠久編『漢詩鑑賞事典』講談社学術文庫、二〇〇九年
松浦友久・植木久行・宇野直人・松原朗『漢詩の事典』大修館書店、一九九九年
鎌田正・米山寅太郎『大漢語林』大修館書店、一九九二年
鎌田正・米山寅太郎『新漢語林 第二版』大修館書店、二〇一一年
石川忠久・遠藤哲男・小和田顯編『福武漢和辞典』福武書店、一九九〇年
北原保雄編『明鏡国語辞典 第三版』大修館書店、二〇二〇年
石川梅次郎『詩韻含英異同辨』松雲堂書店、二〇〇六年
飯間浩明ほか編『三省堂国語辞典 第八版』三省堂、二〇二一年
「二松詩文」第四十五巻第四号、二松詩文会
佐藤一斎［著］岬龍一郎訳『［現代語抄訳］言志四録』ＰＨＰ研究所、二〇〇五年
山本健吉監修、角川文化振興財団編『ふるさと大歳時記7』角川書店、一九九一年

**近藤俊彦**（こんどう・としひこ）

昭和14年(1939) 11月11日生まれ。昭和33年、大分上野丘高校卒。昭和41年、東京医科歯科大学歯学部卒。歯学博士。同年7月、大分県津久見市に近藤歯科医院を開設。現在に至る。大分県歯科医師会会長。大分県警察嘱託歯科医会会長。日本歯科医師会代議員、日本歯科医師連盟評議員・理事。津久見樫の実会会長。津久見樫の実少年少女合唱団を創設。津久見市文化の日表彰。大分県知事表彰。平成13年(2001) 藍綬褒章。平成25年旭日小授章。

平成27年11月、日本漢詩教育会に入会。濱久雄（三涯）先生に師事。濱先生の逝去により、現在は全日本漢詩連盟会長の鷲野正明先生（国士館大学文学部教授）に師事。令和2年（2020）『漢詩雑話』（海鳥社）を出版。

漢詩（かんし）連（つ）れづれ

■

2024年1月6日

■

著者　近藤俊彦

発行者　杉本雅子

発行所　有限会社海鳥社

〒812-0023 福岡市博多区奈良屋町13番4号

電話 092(272)0120 FAX092(272)0121

http://www.kaichosha-f.co.jp

印刷・製本 九州コンピュータ印刷

［定価は表紙カバーに表示］

ISBN 978-4-86656-153-0

JASRAC 出 2308956-301